もしも明日があるのなら、
君に好きだと伝えたかった。

miNato

illustration ／ピスタ
book design ／齋藤知恵子（sacco）

わたしはなんのために生まれてきたんだろう。
どうして生きているんだろう。
そもそも、生きるってなに？
ずっと考えていたけれど答えなんて出ない。
未来に希望もなくて、
こんな世の中なんて、
消えてなくなればいいと思っていた。
ううん、わたし自身が、
消えてしまいたかった。
「悩んで、苦しんで、もがいて、あがいて、
ああでもない、こうでもないって迷ったり、
落ち込んだり、間違いに気づいたり、
後悔したり、がむしゃらに生きてこそ、
ようやくそこでわかるもんなんじゃねーの？」
彼の言葉がやけにズシリと胸に響いた。
だってわたしは今までずっと逃げて隠れて、
目をそむけてきたから。

Three

Four

One
もしも明日があるのなら、
君に好きだと伝えたかった。

物語の幕開け

「あ」

思わずそう口にした時にはすでに遅かった。キキキキキィという車のブレーキ音と共に、ドンッというものすごく重い衝撃《しょうげき》が全身を駆《か》けぬけた。その瞬間、身体《からだ》がフワッと宙《ちゅう》に浮いて飛んでいく。そしてまるでスローモーションのように、ゆっくりと落ちていく。見慣れた通学路の景色が反転して、視界の端っこに見知った人の顔が映《うつ》った。それを横目に見ながら、わたしの身体は固い固いアスファルトの上へと投げだされた。地面に叩《たた》きつけられる瞬間、ギュッと目を閉じた。

――ドンッ。

頭の骨が砕《くだ》け散ったかと思うほどの強い衝撃だった。あまりの痛さに意識が飛びそう。自分の意識と関係なく全身がピクンピクンと波打っているのがわかる。

「あ……う……っ」

身体中からものすごい勢いで熱が失われていく。右手に生温《なまぬる》いなにかがふれているけれど、これはわたしの血だろうか。

「く……っ」

今までに感じたことのないような強烈《きょうれつ》な痛みが襲《おそ》ってきた。感覚が麻痺《まひ》して、意識が遠のいていく。

「おい！　大丈夫か？」

大丈夫じゃ……ない。目の前がまっ暗でなにも見えない。目を開けることができなくて、意識がどんどん遠のいていった。

「な、んで……なんでだよ。なんで……っ」

誰……？

どうして……そんなに切なそうな声を出すの？

「きゅ、救急車！」

「早くっっ！」

どこかで誰かが叫ぶ声がする。遠くのほうからは悲鳴も聞こえた。ダメ、だ。もう、ダメ。このままわたしは死ぬのかな……。

なんとなく感覚でわかる。全身から血の気が引いていく様子が。寒くもないのにガタガタと全身が震えて。酸素が足りなくて、息苦しい。感覚がなくなり、自分の身体じゃないみたいな違和感がある。少しでも気を抜くと、すぐに意識がもっていかれそうになる。頭がガンガンと殴られるような痛さに、まるで思考が働かない。でも、はっきりとわかる。

きっと……わたしは死ぬんだ。

「ふ……っ」

死ぬ……死……。

それでいい……それでいいんだ。わたしがいなくなっても、悲しむ人は誰もいない。

これで……いいんだよ。

これで……楽になれる。

死を覚悟した時――。

次第《しだい》に意識がなくなって、最後には誰の声も聞こえなくなった。

それは一瞬だったのかもしれないし、数時間だったのかもしれない。わたしはたしかに、いまだにそこにいた。けれど、目の前はまっ暗でなにも見えない。手で空をつかもうとしてみるけど、わたしの身体はそこに存在《そんざい》しないのか動かない。あれほど強い衝撃を受けたにもかかわらず、痛いところなんて一切なく、それどころか意識はずいぶんとはっきりしている。時間の流れが止まっているかのように、なんの音も聞こえず、まるで静止画の中にいるかのような感覚。それは実体がなくて意識だけが存在している、夢の中によく似ていた。魂《たましい》だけがふよふよ浮いて、この世ではない、どこかをさまよっている。いったい、ここはどこなんだろう。わたしは夢を見ているの？

そんなことを考えていると、突然あたりいったいがパアッと明るい光に包まれた。足もとのほうからジワジワ温《ぬく》もりが感じられて、わたしの身体を優しく包み込んでくれているかのよう。

ああ、とても安心する。わたしはやっぱり、死んだんだ。天国なんて信じていたわけじゃないけど、でももし本当にあるのなら、そこへ行きたい。

『いいのかい？　それで』

その時、頭上で声がした。

『だ、誰？』

とっさにそう言ってみたけれど、声に出せていたのかはわからない。

『お前さんには、未練はないのかい？』

老人のようにしゃがれていて、でもどこか温かみのある声だった。

未練？

そもそもあなたは誰なのかという疑問は置いておき、ただ純粋に聞かれたことを考えてみる。

だけどその答えは驚くほど簡単に出た。

『そんなの、あるわけないよ』

声の主に聞こえているのかはわからないけれど、はっきりと言っておきたかった。

そうだよ、未練なんてない。わたしはずっと、この世から消えてしまいたかった。わたしなんて、消えてなくなればいいと思っていた。

『生きてたっていいこともないし、わたしなんていなくなったほうがいいんだよ』

そうだよ、わたしなんて……。

誰からも必要とされてないんだから、いなくなったところできっと誰も悲しまない。そう口に出したら泣けてくるけど、わりきってしまえばどうってことない。

『早く天国でもどこでも連れてってよ』

本音《ほんね》を言えば、やっぱり少し怖いし不安だ。だってこんなに意識がはっきりあるとは思わなかった。

死んだあとって、無になるんじゃないの？

『死んだら楽になれるとでも思っているのか？』

『え？』

まるでわたしの心を読みとっているかのような質問にドキリとする。それはまるで、わたしの考えが間違っているとでも言いたげだ。口調がきつくなったのも、気のせいではないのかもしれない。

『この先も、お前さんはお前さんのままだ。なにも変わることはない。ほかの誰になれるわけでもない。ずっとこのまま、この世界でさまよい続けるだけだ』

え？

ずっと、このまま……この世界で、さまよい続ける？

『楽に……なれないの？』

わずらわしいことから逃げられると思った。楽になれると、そう思っていた。でも、違うの？　どうして？

だって、よく言うでしょ？　死んだら、楽になれるって。少なくともわたしは、そう思っていたよ。

ねぇ――。

だったらわたしは――。

ずっと苦しみ続けないといけないの？

生きていてもツラかったのに、死んでもツラいままだなんて、そんなのは嫌だ。トラックにひかれた瞬間、ああこれで楽になれるってホッとしたんだ。

楽になれないのなら、わたしはいったいどうすればいいの。こんな気持ちを抱えたまま、このままずっとここでさまよい続けるなんて嫌だ。

『やり直してみるかい？　もう一度』

さっきまでとは違って、今度は少しやわらかい口調だった。

やり、直す？

って、なにを？

わけがわからなくてとまどう。

『自分自身をもう一度きちんと見つめ直してみるかい？』

『自分を見つめ直す？　ど、どういうこと？』

まったくもって、意味がわからない。頭がおかしくなりそうだよ。

『今のお前さんは、過去に未練がありそうだ。だから、お前さんのいた世界に戻してやろう。時期はそうだなぁ、三カ月前だ。三カ月前から、今日の日までをやり直すんだ』

もはや、なにを言っているのかがわからない。うん、きっと頭がおかしいんだ。そう考えたら納得できる。

『お前さんが過去の世界に戻って取った行動は、そのまま全部今の世界でも実際に起こったことになる。つまり、未来は変わるということだ』

『あの、なにを言ってるかわかりませんが、わたしはこれで失礼します』

実際には実体はないから離れるという感覚はないけど、とりあえず声の主から遠ざかるように意識をほかへと移す。まともに相手をするだけムダ。関わらないようにするのが得《とく》策《さく》だ。

『あ、そうだ。言い忘れていたけど、お前さんが事故に遭《あ》うという運命だけは、絶対に変えてはいけないよ』

まだなにかを言っている。もういいかげんにしてほしい。一方的に変な話を振られて、真剣《しんけん》に聞いていたわたしがバカだった。

『さぁ、そろそろ時間だ。今度こそ、悔《く》いのないようにな』

はぁ？

まだ言ってる。

「え？」

その直後のことだった。まるで心臓をわしづかみにされたみたいな衝撃が走ったのは。

そして、吸い寄せられるかのように、すごい引力で引っぱられる。次に高い所から放り投げられたかのような、下へ下へと落ちていく感覚が襲った。あたりを包んでいた光は一瞬で消えてなくなり、暗くて深い闇《やみ》に包まれる。冷気が流れ込んできたかのように、ヒヤリと冷たい。

な、なに……？　なんなの、これは。

魂が強くあちこちに揺《ゆ》さぶられるように、フラフラする。それは今までに感じたことのない感覚だった。次第に意識が遠のいていき、やがてそれは突然プツリと途絶えた。

『運命にそむいてはいけないよ』

最後にそんな声が聞こえたような気がした。

過去の世界

「ねぇ、琉羽《るう》ってば、聞いてるの？」

「えっ⁉」

琉羽という、自分の下の名前を呼ばれてハッとした。頭にズキンと鋭い痛みが走って、目の前がまっ暗になる。

いったぁ……。

鈍器《どんき》で頭を殴られたかのようにひどく痛んで、思わず指でこめかみをグリグリと押さえた。ピクンピクンと感じる拍動《はくどう》。頭が割れるように痛くて、目の前がかすむ。

「琉羽？」

わたしの名前を呼ぶ優しい声。これは、誰の声だろう。返事をすることができない。でも、そのズキズキとした痛みは、波が引いていくかのように徐々《じょじょ》に消えてなくなった。そのすぐあとに、身体の中を血液がジワジワと巡《めぐ》っていくように熱くなる。自分の身体と意識が、今ようやくリンクしたかのような感覚を覚えた。わたしは……いったい。

次第に視界が開けて、呆《あき》れ笑いを浮かべる友達、近藤菜月《こんどうなつき》の顔がクリアに映った。

え？

「な、んで……」

予想もしていなかった不意打ちの出来事。ようやく今、自分が置かれているこの状況を理解する。そう、わたしはたった今、ここに来たのだ。すべての意識が今この瞬間にここに来た。そう表現するのが一番しっくりくる。

それよりも、どうして……菜月がここに？

菜月は高校生になってからできた友達のひとりで、いつも一緒にいた四人グループの中で一番おとなしくて、控えめな女の子だった。奥二重だけど猫のようにまん丸い目に、スラリと伸びた白い手足。腰までのストレートの黒髪《かみ》をポニーテールにして、サラサラで艶《つや》のあるその髪の毛を、わたしはいつもうらやましいと思いながら見ていた。仕草《しぐさ》やふるまいがとてもお上品《じょうひん》で、成績優秀、運動神経抜群、それでいて美人。あまり目立つことをしないタイプだけど、菜月は黙っていてもそれだけで目立つ存在なのだ。

わたしは目の前の菜月に、どんな反応をすればいいのかわからなかった。

「琉羽ったら、まだボーッとしてるの？」

「あ、えっと……」

佐上《さがみ》琉羽、それがわたしの名前。

とまどうことしかできなくて、頭がうまく回らない。でも、ここが学校の教室だということはすぐにわかった。窓から差し込むオレンジ色の夕陽。どうやら今は放課後らしい。

いったい、どういうことだろう。

わたしはたしかに事故に遭って死んだんだ。身体と意識が離れて、まるで魂だけがさまよっているような感覚のなか、声が聞こえてきて、〝死んでも楽になれない〟って言われた。その時の会話がまだ鮮明に頭の中に残っている。わたしは、あれからいったいどうなってしまったというのだろう。どうして今……わたしは学校にいるの？

「あたし、今から本屋さんに行くの。野いちご文庫の新刊を買いに行くんだぁ」

ワクワクした様子で目を輝かせる菜月は、カバンを肩にかけて帰る準備万端《じゅんびばんたん》。明るい菜月の笑顔に、不思議と懐かしさがこみあげる。

本屋さん？　野いちご文庫の新刊？

いまだに困惑《こんわく》しているわたしは、現状を把握《はあく》するのに時間がかかってぼんやりしてしまう。ジメジメしていてうっとうしい季節。ふと違和感を覚えたのは、半袖のカッターシャツを着ていたから。赤いチェック柄のリボンに、学校指定の白いベスト、グレーのプリーツスカート。ついこの前に冬服に衣替《ころもが》えしたばかりだというのに、夏服を着ていることに疑問がわいてくる。ぐるりと教室の中を見渡す。黒板に書かれていた日付を確認すると、〝六月二十五日〟と書かれてあった。

「ウソ……」

だって……そんなはずはない。思わず目を疑う。瞬《まばた》きを数回繰り返して何度も確認したけど、その日付であることは間違いなさそうだ。ありえないんだけど。

「ね、ねぇ……今って西暦何年だっけ？」

震える唇《くちびる》。もしかすると、声も震えていたかもしれない。

「え？　二〇一九年だよ」

その答えに、頭に鋭い衝撃が走った。ジワジワとなにかが迫ってくる感覚。

「きょ、今日発売の野いちご文庫の新刊のタイトルって、なんだった？」

まさかとは思うけど、確認しなきゃ気がすまない。ウソだと思いたかった。

菜月はうれしそうに本のタイトルを教えてくれた。

「新刊に興味があるの？」

明るく笑う菜月の隣で血の気が引いて青ざめるわたし。目の前がクラクラして、足がもつれて倒れそうになった。六月二十五日。それは、たしかにわたしが過去に過ごしてきた日付。

わたしが事故に遭ったのは、今からちょうど三カ月後の二〇一九年、九月二十五日だった。三カ月……ふとあの時の声が蘇《よみがえ》る。

『お前さんのいた世界に戻してやろう。時期はそうだなぁ、三カ月前だ』

わたしはあの言葉通り、本当に三カ月前に戻ってきたの？　いやいや、待って。どう考えてもありえないでしょ、そんなこと。わき上がってくる感情と、今、実際に起こっていることがつながらなくて頭がおかしくなりそう。

けれど、六月に発売された新刊のタイトルはその通りだし、過去に一度読んだことがあるから内容もはっきりと覚えている。

それだけじゃない。菜月がわたしにこんなふうに笑いかけてくれることも、三カ月後の世界じゃありえないことだった。

「じゃあ、あたしは行くね。バイバイ」

「え、あ……うん。バイ、バイ」

笑顔の菜月にぎこちなく手を振る。頬《ほお》がピクピク引きつって、うまく笑うことすらできなかった。

菜月が去ったあとに訪れた静寂が、リアルさをより引き立たせる。ほかにクラスメイトは誰も残ってなくて、とりあえず落ち着かなきゃと思い、近くにあった椅子《いす》を引いてストンと腰を下ろした。

落ち着け、落ち着いてよく考えてみよう。いやいや、なにを考えるっていうの。考えなくてもわかるでしょ。これが現実だってこと。あの声が言っていたことは、本当だったたってことが。

「あ、はは……」

頭がおかしくなっちゃったみたい。だって、どう考えてもそれしか思い当たることはない。

わたし、三カ月前に戻ってきちゃったんだ……？

とまどいと困惑と、そして、動揺《どうよう》。あの時聞こえてきた〝声の主〟は言った。もう一度やり直して、自分自身を見つめ直してみろ、と。でも、これからいったい、どうすればいいの？　やり直したとして、どうなるの？　そんなことをして、どんな意味があるんだろう。三カ月前に戻ってきたって、きっとなにも変わらない。過ぎたはずの三カ月をやり直すのかと思うと、気が重くて心が沈《しず》んでいく。これはなにかの陰謀《いんぼう》なのかな。それとも、単なる嫌がらせ？

あの声の主は、神様？　なんでわたしにそんなことをさせたの？

ううん、これはきっと夢なんだ。わたしは夢を見ているだけ。そうだよ、じゃなきゃこんなことがあるはずがない。小説の中じゃあるまいし。こんなありえもしない話が、わたしの身に起こるだなんて。世の中に、そんなことが存在するはずがないよ。いや、実際にそうなんだとしても、すぐには現実を受け入れられない。とりあえず、今はなにも考えたくなかった。自分の席に行き、机の横にかかっていたカバンをつかむ。その席は入学したばかりの頃の席で、廊下側《ろうかがわ》から二列目の一番うしろだった。わたしの前が菜月の席であることは、さっき菜月が自分の席に行ってカバンを持ったのを見て確認済みだ。

なにもかもがわからないことだらけだけど、なんとなく見覚えがある教室の風景。菜月の笑顔もあの時のままで、そこには懐かしいと感じるような光景が広がっていた。

「おー、佐上！　今帰りか？」

とまどいながらも、教室を出て生徒用の玄関に向かって歩いていると、担任の山田《やまだ》先生に出くわした。熊みたいに大柄な山田先生は、いつどんな時でも暑いらしく、青いチェック柄のハンカチで汗をぬぐっている。今日も例に違わず、額《ひたい》に浮かんだ汗をハンカチでフキフキ。思わずじっと見つめていると、先生は白い歯をむきだしにして豪快《ごうかい》に笑った。それを見て、またしても懐かしさを感じてしまう。

「いやぁ、ジメジメしたこの時期は暑くてな。嫌になるよ、まったく。ハッハッハッハ」

ガハガハと大口を開けて笑う山田先生。なにが面白くて笑っているんだろう。わたしにはよくわからないけど、この豪快な笑い方は見ていてスッキリするので嫌いじゃない。

「そうだ、お前。化学のレポートが出てなかったぞ。明日までに提出するように。それを言おうと思って呼び止めたんだ。忘れそうになったよ、ハッハッハ。明日必ず持ってこいよー。じゃあな、気ぃつけて」

笑いながらこの場をあとにする山田先生。化学のレポート。たしかにわたしは、過去にも一日遅れで提出したっけ。ついうっかり、家に忘れてしまったんだ。普段めったに忘れ物なんてしないほうだったから、はっきりと覚えている。なにもかも、今この場の空気さえも懐かしい感じがする。それはやっぱり、一度過ごしてきたからなのかな。いやいや、そんなはずはない。自問自答《じもんじとう》を繰り返し、頭を左右に振る。とにかく帰ろうと思って、再びゆっくり歩きだした。途中で最終下校を知らせるチャイムが鳴って、部活帰りの生徒たちがバタバタと走ってくる。

「おつかれー！」

「また明日ねー！」

「バイバーイ」

行き交う言葉の数々を遠くで聞きながら、靴箱から自分のローファーを出して床に置く。こげ茶のローファーも一学期の時に履《は》いていたもので、右側の内側についていた傷までもがまったく同じだった。靴底のすり減り具合も、ちょっとボヤけた光沢具合も、たしかにそれは過去のわたしの持ち物であることを告げている。

「はは……なに、これ」

もう笑うしかない。それと同時にあきらめにも似た感情が襲ってきた。やっぱり、これは現実なんだ。認めたくなかったけど、認めざるを得ない。

――バンッ。

背後《はいご》から靴箱を閉める音がした。大きな音にビックリして、思わずそこに視線を向ける。そこにはバスケ部の男子の集団がいた。

「あー、腹減ったー」

「どっか寄ってく？」

「いいね、慎太郎《しんたろう》も行くべ？」

「あー、わり。俺はやめとくわ」

「じゃあな！」

慌ただしく靴に履き替えて帰っていく男子たち。慎太郎……。その名前を聞いただけで、胸がキュッと締めつけられる。

彼は集団の中でもひときわ背が高くて目立っていた。うしろの襟足《えりあし》部分の髪を軽く刈り上げたソフトツーブロックの特徴的な髪型は、彼のトレードマークで、とてもよく似合っている。トップの髪がサラサラと揺れて、前髪は汗で額にくっつき、凛々《りり》しい眉毛《まゆげ》が覗《のぞ》いていた。汗を弾《はじ》くほど綺麗《きれい》なツヤツヤのお肌。力強くてまっすぐな瞳《ひとみ》にはブレない芯が一本通っていて、見つめられるとドキリとしてしまう。学年一のイケメン男子。

彼がわたしの横を通りすぎた時――。

やば。思わず、目が……合っちゃった。

向こうもわたしを見て目を見開き、表情をこわばらせる。薄くて色気のあるその唇に、力が入ったのがわかった。どれくらいそうしていたんだろう。きっと、ほんの一瞬だったはず。でも、とてつもなく長い時間のように思えた。透《す》き通るような澄《す》んだ瞳。透明感あふれるオーラ。全部が、懐かしい。

「おーい、慎太郎！　なに突っ立ってんだよ。行くぞ」

「あ、おう」

遠くから友達に呼ばれ、彼は視線をあちこちに巡らせたあと、バツが悪そうにわたしからスッと顔をそむける。そして、駆け足で行ってしまった。その横顔は気のせいかもしれないけれど、少し赤かった。彼を前にして、息ができなくなるくらい動揺しているわたし。心臓の音がすごくうるさくて、どうにかなっちゃいそうだ。それでもなんとか震える足を動かして、学校をあとにした。

「やっぱり、これは現実なの……？」

家に帰ってきてから、自分の部屋のベッドにゴロンと横たわる。手を高くかざし、そんなことをつぶやいた。夢じゃないんだよね？　夢にしてはリアルすぎる。それにまぎれもなく、わたしはやっぱり教室でのあの瞬間に、やってきたのだ。あの時はボーッとしてたけど、今になってようやくそう言い切ることができる。ここは正真正銘三カ月前の世界なんだ。そう認めてしまったら、これまでに起こった出来事が一本の線でつながった。まだ全部を受け入れられたわけじゃないけれど、心はずいぶん落ち着いている。

「はぁ、これから、どうしよう」

どうするといっても、これまでと同じように、事故までの日々をただなんとなく過ごすだけなんだろう。きっとそれは変わらない。だから、未来も変わらない。結局なにも変わらないなら、べつにやり直さなくてもよかったのに。生きているというだけで、すべてが嫌に感じてしまう。わたしなんかにやり直すチャンスを与えなくても、ほかにもっと必要としてる人がいたんじゃないかな。そんなことを思ってしまうほど、今のわたしはすれている。

身体を起こして部屋の中にある全身鏡の前に立った。改めて自分の姿を見ると、なんとも言えない気持ちがこみあげた。鏡の中でちゃんと生きてるわたし。疲れ切ったような顔をしているのも、どこか自信がなさげなところも、愛想がない生意気な態度も、一度死んでしまったとはいえ、なにも変わっていない。ううん、変わったんだ、わたしは。高校生になってから、腰まで伸びた髪を茶色く染めて、それを巻くようになった。自然な感じのゆるふわカール。中学生の時は真面目にきっちり制服を着てたのに、今は制服のスカートを短くして、カッターシャツの一番上のボタンを開けている。身長は高すぎず低すぎずの一五五センチ。恋愛小説や漫画を読むのが好きで、とくにベタなシンデレラストーリーは自分にはない要素が満載《まんさい》だから読んでいて楽しいし飽《あ》きなかった。友達には恥ずかしくて言えてないけど、実は今でも読んでいたりする。

パッチリ二重の目に、スッと筋が通った小さい鼻。ぷっくりしているアヒル口。色白のわたしはスッピンだと顔色が悪く見えるので、お小遣《こづか》いをはたいて買った化粧品で、うっすらだけどメイクもしている。それのおかげなのか、友達に言わせるとわたしは『かわいい』らしい。高校に入学する前は、外見が変わればなにかが変わるかもしれないと期待していた。でもそれはただの思い過ごしだった。見た目が派手になったからといって、見えてる世界はなにも変わらなかった。そう、なにも。

「琉羽？　帰ってるの？」

階下からお母さんの怪訝《けげん》そうな声がした。スリッパの音がだんだんと近づいてくる。わたしはとっさに部屋の隅に身を寄せ、キュッと縮こまる。

──コンコン。

「琉羽、いるの？」

思わずドキリとしてしまう。わたし、またなにかしちゃったのかな。お母さんの声色が、不機嫌そうだ。ヒヤリと胸に冷たい空気が流れ込み、空気が一瞬にして凍った。

──ガチャ。

わたしが返事をする前に勢いよくドアが開いた。案《あん》の定《じょう》、そこには真顔のお母さんがいた。眉を吊《つ》り上げて、怒っているような表情。間違いない、わたしがなにかをやらかしたんだ。

「今日は塾のはずでしょ？」

「え……あ」

そういえば、忘れてた。というよりも、塾どころじゃなかった。

はぁと呆れるように大きなため息を吐《つ》くお母さん。

「サボったのね？　まったく、あなたって子は」

落胆《らくたん》の声。もうとっくに失望させてしまっているだろうけれど、それ以上にまたガッカリさせてしまったことがわかる。

「ご、ごめん、なさい……」

床に視線を落としながら、小さな声しか出ない。本当は違うのに、お母さんを前にすると、いつも息苦しくて、呼吸がうまくできない。胸が詰《つ》まって、言葉が出てこないんだ。

「その髪型もメイクも、やめなさいって言わなかった？　制服だって、きちんと着なさい。あなたがそんな格好《かっこう》で近所を歩いてると、お母さんがいろいろ言われるのよ。どうして親の言うことが聞けないの？　なんでそんなふうになっちゃったの？　どこで間違えちゃったのかしら……」

塾に行かなかったことだけではなく、今度は外見についてのお説教がはじまった。外見のことが終わると、今度は内面。それを言われるのが、なによりもツライ。まるでわたしがダメな子だと言われているようで、苦しかった。でもわたしは意地でもこの外見を変えるつもりはない。それはたぶん、これがわたしにできる唯一《ゆいいつ》の小さな抵抗だから。

「聞いてるの？　いつもいつも人の話を聞かないで、好き勝手ばっかりしてるんだから。

これ以上親に迷惑かけないで、しっかりしなさい」

お母さんは非の打ち所がないほどなんでも完璧《かんぺき》にこなす。身なりも家事も近所付き合いも、子育てだって、決して手を抜いたりはしない。完璧な母親であり完璧な妻でもある、わたしのお母さん。鈍くさくてなにをやってもダメなわたしを見ると、お母さんが口うるさくなるのも当然なのかもしれない。

「まったく」

バタンと部屋のドアが閉まった。お母さんが階段をおりていく足音が遠ざかる。そのことにホッとしつつ、勉強机の前の椅子に座る。

「人の話を聞いてくれないのは……お母さんじゃん」

お母さんは自分の意見を押しつけてばかりで、なにかにつけては近所の目、親戚《しんせき》の目、お父さんの目を気にする。なにをやっても器用にできる五歳上のお兄ちゃんと比べては、わたしを否定する。

『どうしてお兄ちゃんのようにできないの？　立派な医者になるには、こんなんじゃダメなんだからね。人の何倍も勉強しなさい』

高校受験に失敗した時も。

『どうして？　お兄ちゃんはできたのに……。お母さんに恥をかかさないで！』

慰《なぐさ》めの言葉をかけてくれることはなかった。毎日吐《は》くほど勉強してストレスでいっぱいになっていたわたしは、あれだけ勉強したにもかかわらず、プレッシャーに負けてしまい、落ち着いて試験を受けることができなかった。家に帰って問題用紙を見返してみると、ミスをしたところは全部、解けない問題じゃなかったのに。わたしはいつも肝心《かんじん》なところでミスをしてしまう。あと一歩、及《およ》ばないんだ。それは自分に自信がないことの表れなのかもしれない。

『あなたはお兄ちゃんのようになればいいの。努力しなさい』

これでも、わたしなりに努力はしてるつもりだ。でもダメなんだよ。お兄ちゃんのようにはできないの。お兄ちゃんと同じことをしたって、どうにもならないの。いったいわたしは、なにをやってるんだろう。そんなことを考えてむなしくなることもあった。もう、嫌だよ。やめたい。逃げたい。なんのために生きているのかがわからない。お母さんに敷かれたレールの上をただ走っているだけで、そこにわたしの感情は必要なかった。ただ言われた通りに操《あやつ》り人形のように存在していればいいだけだった。

お父さんは大学病院で救命医の部長として働いている。お母さんも今は専業主婦だけど、お父さんと結婚してお兄ちゃんを生むまでは、救命医として働いていたらしい。そんなふたりのもとに生まれたわたしはお兄ちゃんとは違って、なにをやっても中途半端で鈍くさい。目立つことが嫌いで、流されて生きるほうが楽だからそうしている。クラスの中では、その他大勢の中のひとり。ひっそりとそこにいる空気のような存在。

反対にお兄ちゃんは昔から目立ちたがり屋だった。リーダーシップを発揮《はっき》して、クラスを引っぱっていくタイプ。なにをやっても要領がよくて、先生やクラスメイトからの信頼も厚かった。おまけに中学の時は生徒会長をしていた。わたしたちの代でもお兄ちゃんは有名で、有名な国立の医大に受かったことはこの地域の人はみんな知っている。中学生の時は常に学年トップの成績を収めていたし、テニス部でも大活躍して、全国大会に出場したことがあるほどの実力の持ち主。近所の人や親戚からはよくほめたたえられ、そのたびにお母さんはうれしそうにニコニコ笑っていた。

『あら、妹さんはずいぶんおとなしいのね。お兄ちゃんは明るくていつもハキハキしてて、よく挨拶《あいさつ》もしてくれるし、本当にいい子だわぁ』

近所の人にまで比べられてきた。お兄ちゃんを知ってる人は、みんなお兄ちゃんのことをいい子だという。わたしとは似ていないという。そういうのが、正直めんどくさい。どうして他人からも比べられなきゃいけないの。お兄ちゃんなんて、大嫌いだ。

お父さんは仕事にしか興味がなくて、家庭に関心がなさそう。仕事も不規則だし、めったに家に帰ってこないから、今までまともに話したことがない。自分の家だけど、窮屈《きゅうくつ》で息が詰まるような空間。助けて……ここではないどこかへ、連れてって。心がそう叫んでいた。

はじまりはささいな出来事

次の日。

教室に入って自分の席に着いたとたん、前の席に座っていた菜月が振り返った。頭の高い位置でポニーテールにした菜月の黒髪が左右に揺れる。

「おはよう」

「あ……おはよう」

ニッコリ笑う菜月にぎこちなく返す。悪意のない笑顔を見ていると、ふつふつと罪悪感がわき上がってきた。

「昨日あのあと家に帰ってから野いちご文庫読んだよ！」

「え？　あ、そうなの？」

「うん、もうめちゃくちゃキュンキュンしちゃったー！」

少女みたいに目を輝かせながら菜月が笑う。屈託《くったく》のない純粋な笑顔を直視できなくて、とっさに目をそらした。

「琉羽も読んでみる？　読み終わったら貸すよー？」

「ううん、わたしは遠慮しとく」

「えー、なんで？　面白いのに」

すねたようにわざとらしく唇をとがらせる菜月。コロコロと表情が変わるので、見ていて飽きない。菜月、ごめん。その小説ならわたしも読んだから、面白いことは知ってるよ。でも素直にそれを言えなくて、恋愛小説なんて興味がありませんというフリをする。

「おはよー、なにしてんの？」

むせ返るような甘ったるい香りが鼻をついたかと思うと、菜月の前に座る楠優里《くすのきゆり》がそばまでやってきた。金髪に近い派手なオレンジ色の髪を綺麗に巻いて、メイクもバッチリ。優里は有名なファッション雑誌で読者モデルをやっていることもあって、オシャレには一切手を抜かない。制服の着こなしもただ派手だというわけじゃなくて、足が長くて綺麗に見えるようにスカートとハイソックスのバランスを考えたり、ベストからはみ出るスカートの長さを気にしたり。女子力の高い女の子。バサバサのまつ毛も、朝からメイクをがんばった賜物《たまもの》だろう。おめめがパッチリで、人と話す時は常に上目遣《うわめづか》い。男子の前ではワントーン声が上がる。

「面白い本があるよって話してたの。よかったら、優里ちゃんも読んでみる？」

菜月が優里に笑顔を向ける。

「もう、また本の話ー？」

「そうだよ、キュンキュンするよ」

「ぷっ、バカみたい。菜月って、彼氏いたことないわけ？　本の中の男より、現実の男に目を向けなよ。あいにく、あたしは間に合ってるんで」

優里は菜月を見下すようにして笑った。好きなものを笑われバカにされても、菜月は笑顔を崩さない。

「読んでみたら面白さがわかるのに」

なんて冗談っぽく返している。そこへもうひとり、松島美鈴《まつしまみすず》がやってきた。

「おはよう」

みんながそれぞれ挨拶を返し、四人での会話がはじまる。

「菜月ってば、本の中の男にキュンキュンしちゃってんの。ウケるよね」

「えー、あはは。なにそれ、ありえないんですけど」

美鈴までもが菜月を笑った。菜月は相変わらず笑っている。バカにされているのがわからないのかな。だから嫌なんだよ、そんなふうに自分の好きなものを人に話すのは。否定されて笑われたら、わたしだったら傷つくもん。それなら言わないほうがいい。自分の中にしまっておいて、誰にも知られないほうがいい。そうすれば、傷つかなくてすむんだから。

「菜月はほーんと、美人なのにそういう乙女チックなところがイタイよねー！　今時いないって、そんな子」

「あはは、言えてるー！　ダサいよねー！」

優里の言葉に同調しながら美鈴が笑う。菜月の笑顔が、一瞬こわばったような気がした。

優里の言葉には絶対的な力があった。優里が右だと言えば右だし、黒だと言えば黒なのだ。たとえそれが間違っていたとしても、有無を言わさない圧力を目で訴《うった》えかけてくるから、この中の誰も優里には逆らえない。それは、クラスの女子全員がそう。優里は読者モデルをやっているというだけでも目立っているのに、両親が世界的に有名なデザイナーでいろんな国から一目置かれている存在。そんな優里は、このクラスで特別扱いされるのも必然のことだった。

「優里のお父さんとお母さん、今はイギリスにいるんだっけ？　すごいよねー、世界を飛び回ってるなんて」

「えー、そんなことないよー。普通だって」

美鈴の言葉にまんざらでもない様子の優里。

「そんなことあるよ！　ねぇ、すごいよね？」

美鈴はわたしたちに同意を求めた。すかさず、わたしは「すごいすごい！」と笑顔を貼りつける。こうして共感して笑っていれば、すべてがうまくいく。菜月も同じようにうんうんとうなずいていた。

美鈴は肩先までの黒髪のボブで、腫《は》れぼったい一重まぶたが印象的な女の子。身長はわたしと同じくらいで、この中だと優里が一番背が高く、その次に菜月、わたしと美鈴といった順番。美鈴と優里は中学からの仲で、ふたりは常に一緒にいる。体育の授業でペアを組む時も、自然とわたしと菜月、優里と美鈴にわかれるんだ。席が近いこともあって、なんとなく四人で一緒にいるようになった。そして、なんとなく今日まで一緒にやってきた。今のこの環境に、とくになんの不満もない。ただぼんやり話を聞いて共感するフリをし、時々相槌《あいづち》を打ったり、笑顔でさえいれば、たいていのことはうまくいく。そしてそれは、これから先も変わらない……はずだった。

「ねぇねぇ、前から思ってたんだけど、菜月と話しててもつまんなくない？」

トイレの前の鏡を見ながら、グロスを唇に塗りたくる優里。わたしは隣で手を洗いながら、そんな優里の横顔を見つめる。小顔で、スタイル抜群。それに、優里はかわいい。でもそれは造られたかわいさというか、狙っているというか、自然体でかわいい菜月とはまた違っている。

「本の話しかしないしさー。恋愛にも興味がなさげだし。正直、うちらとは合わないと思うんだよね」

「それ、あたしも前から思ってた！　誘っても一緒にトイレにも来ないし、教室でひとりで本読んでるんだもん。ぼっちでいるほうがいいんじゃない？」

「なーんか、ムカつくよね」

一時間目が終わったあとの休み時間、本の続きを読みたいからと言って、菜月だけがトイレに来ていない。わたしはそれをなんとも思わなかったけど、ふたりは違ったみたい。この光景も以前に見たことがある。そうか、始まりはここからだったのか。そんなこと、すっかり忘れてたよ。

「琉羽はどう思う？　菜月のこと」

「え？」

「うちらとは合わないよね？」

グロスでテカテカになった優里の口もとが悪意たっぷりに微笑む。目が笑ってなくて、心臓にヒヤリと冷たい空気が流れ込んだ。これは、答えを間違えるとダメなやつだ。優里が目でそう訴えている。

「わ、わたしも……前からそう思ってた」

「あ、やっぱりー？　だよね、だよね！　琉羽なら、そう言うと思ったー！」

優里が満足そうに笑ったのを見てホッとする。よかった、どうやら正解だったみたい。

過去のわたしも、たぶんこんなふうに返事をしたんだと思う。どうして今まで忘れてたんだろう。

「じゃあ、このあとから菜月のことはシカトね。話しかけてきても、目を合わせちゃダメだよ。わかった？」

「うん、そうしよう」

すかさず優里の言葉に反応する美鈴。気のせいかもしれないけど、ふたりの表情は活き活きしているよう。

「琉羽も、わかった？」

優里の鋭い声が飛んでくる。わたしは、すぐには返事ができなかった。だってまさか、こんなにくだらないことがきっかけだったなんて……。

わたしはこのあとの菜月を知っている。過去に見てきた菜月の傷ついた顔が蘇って、なぜだかすごく胸が痛かった。優里の言葉にうなずきたくないわたしがいる。だったら『こんなことはやめよう』って、たったひと言そう言えばいい。そう言え……わたし。

「……わかったよ」

だけどわたしの口から出た言葉は、正反対のものだった。


あれから三日経って、なんとなく前よりも居心地の悪さを感じる。その理由は、前の席に座る菜月のしょんぼりしたうしろ姿が目に入っているからだろうか。優里が菜月をシカトしようと言った日から、ふたりはなんのためらいもなくそれを実行にうつした。菜月が近くに来ても目を合わせず、話しかけてきても完全にスルー。まるでそこに誰も存在していないかのような態度で、笑い声をあげている。わたしはただ菜月から目をそらして、うつむきながらやり過ごした。最初はとまどっていた菜月も、だんだんと自分の置かれている状況がわかってきたらしい。『あたし、なにかしたかな？』とみんなが集まる中で問いかけてくることはなくなった。菜月はなにか言いたそうにわたしに視線を向けてくることもあったけど、わたしは気づかないフリをした。ただ空気のように、そこで息を潜《ひそ》めていたんだ。

「優里ってほんとオシャレだよね。さすがって感じ」

「えー、そんなことないよぉ」

「優里ママとパパの〝ツブヤイター〟もフォローしてるよ。ほんとすごいよねぇ」

「あたしもあたしも！　フォローしてるー！　最新のトレンドがわかるし、コーデも載《の》せてくれるから参考にすることが多いよ」

ヘアアレンジやメイクまで、美鈴はいろんなことに関して優里のことをほめちぎる。優里も悪い気はしないみたいで、うれしそう。そこへ周りの女子も集まってきて、美鈴の言葉に同意する。優里は完璧にこのクラスのリーダーだ。

クラス中の女子が優里の圧力に負けて、みんな手のひらを返したように菜月に対する態度を変えた。このクラスでは、菜月の存在はないものになっている。ただ話していても面白くないからというだけで……ここまでできちゃうんだ。胃がキリキリと痛む。どうしてこんなことをして平然と笑っていられるの？　わたしには無理だ。偽善者《ぎぜんしゃ》ぶってるつもりもなければ、いい子でいたいわけでもない。黙って見ているだけのわたしも、加害者なんだから。最低だ、わたしは。そんなことはわかってる。でも今ここで、菜月に手を差し伸べる勇気はない。そんなことしたら、今の菜月の状況が私にも降りかかる。そんな危険をおかしてまで、わたしは……わたしは……。見ないようにしていれば、考えないようにすれば、やり過ごせる。結局人は、自分が一番かわいい生き物なんだ。だから、これでいい。これで……いいの。

七月に突入して梅雨が明け、本格的な夏がやってきた。晴れ晴れとした青空が広がっているけど、心は晴れない。それどころか、どんどん曇っているような気がする。

菜月は今では休み時間のたびに教室を出て、どこかへ行ってしまう。正直、わたしはホッとしていた。菜月の姿さえ見なきゃ、悩まされることもない。でも、こんなことはいつまで続くんだろう。ずっとこのままなの？　わたしが知ってる過去では、少なくとも一学期はずっとこのままだった。この先、最初はしょんぼりしていた菜月も、次第にシカトされることに慣れ、堂々と教室で本を読んだりして過ごすようになる。そんな菜月の態度が気に入らない優里や美鈴の嫌がらせは、どんどんエスカレートしていって……そして、夏休み直前の終業式の四日前の日にたどり着く。思い出すだけで胸が苦しくなって、目の前がボヤける。できればこんな過去には戻りたくなかった。終わったと思っていたのに、また同じことを繰り返すの？ このままでいいの？ そんなの、嫌だよ。でも、どうすればそんなことが頭の中をぐるぐる回って、解決しないまま同じ日々を繰り返してしまっている。

「ねぇねぇ、そういえば、安井《やすい》が優里のこと好きだって言ってたよ」

「えー、やめてよ、あんなキモオタ！ ありえないからー」

「だよねー、優里にはもっと爽《さわ》やかなイケメンが似合ってるよ。井川《いがわ》くんみたいな」

「あー、井川くんね。たしかに、イケメンだよね。でも、あたしはもうちょっと不良っぽい人がいいんだぁ。井川くんをもうちょっと悪くしたような」

「あはは、不良っぽい人って！ そういやさぁ、ミサのヤツ、ブスのくせに人の男に手ぇ出して修羅場《しゅらば》だったらしいよ」

優里や美鈴といても、話題は常に男女のことか自慢話ばかり。こうやってわたしが知らない名前が出てくることも、しょっちゅうだ。こういう時、わたしはただ黙って相槌を打っている。これがわたしのポジション。ふたりもとくに、そんなわたしになにも言わない。ううん、それ以上を望んでいないと言ったほうが正しい。

「修羅場って、ミサが？ 笑えるー！」

「似合わないよねぇ」

ああ、なんてつまらないんだろう。優里や美鈴との会話は、今までこんなにつまらなかったっけ？　過去のわたしはふたりに合わせるのに必死で、会話の内容を理解してないのに同調して笑っていたような気がする。さすがに二度目ともなると余裕が出てきたのか、会話の内容がしっかりと頭に入ってくる。こんなにくだらない話に共感するフリをして笑ってたのか。そう考えたら、なんだかバカバカしくなった。一緒にいても疲れるだけだし、常に優里の顔色をうかがってお膳《ぜん》立てをしなきゃいけない。くだらなくて、窮屈な毎日。唯一菜月としゃべってる時だけが、気を遣わなくて楽しい時間だったかもしれない。不思議。今までそんなこと思わなかったのに。

次の日の自習の時間、教室にいると息が詰まりそうだったので、適当な理由をつけて教室を出た。わたしたち一年生の教室は校舎の一階にあって、その中でもわたしたちのクラスは廊下のまん中あたりにある。教室を出るとすぐ横には階段があり、上へ行けるようになっている。とは言っても、二階と三階は先輩の教室があるだけで、移動教室の時は一階の廊下から別棟に移動するので、ほとんど足を踏み入れたことはない。窓からまぶしいほどの太陽の光が差し込んでくる。わたしは中庭から外に出て、校舎を横切った。そして別棟の三階にある図書室へと足を運ぶ。

「うわぁ、広い」

図書室に足を踏み入れた瞬間、思わずそんな声がもれた。実は図書室に来るのは初めてだった。図書室の中は横に伸びていて、それでいて奥行きもある。天井近くまで棚がつながっていて、そこにはたくさんの本がぎっしりと詰まっていた。古いけど掃除が行き届いていて、埃《ほこり》っぽさは感じない。こんなに広いとは思わなかった。それに、しっかりジャンルわけもされていて、今話題のラノベや、新刊の一般文芸書なんかも所狭《ところせま》しと並べられている。これはある意味、公立の図書館よりすごいかもしれない。そういえば、前に菜月が『うちの学校の図書室はすごいよ！　今度一緒に行こうよ』って言ってたような。わたしはそれを聞き流していた。ちゃんと聞こうとすら、していなかった……。なんでだろう、今になって罪悪感がこみあげる。

「あ、これ！　面白いよね」

どんな本があるのか気になって図書室の中を練り歩いていると、どこかから声がした。本棚のわずかな隙間《すきま》から、向こう側の様子をうかがう。そこは勉強できるスペースになっていて、大きなテーブルとパイプ椅子がいくつか置いてあった。こっちに背を向けて座るその人には見覚えがある。菜月だ……。

「この本、近藤も好きなんだ？」

「あ、うん。推理ものはあまり読まないんだけど、父にすすめられて読んだら、なんだかハマッちゃって。っていうか、井川くんはミステリーばっかだね」

菜月の口から出た名前と、どこか聞き覚えのある低い声に固まる。

「俺はほら、どんでん返しが好きっつーか。お前だったのかよ！ってなるあの感覚が好きでさ」

「あはは、井川くんらしいね」

「近藤は恋愛小説が好きそうには見えないけどな。文学書とか読んでそう。あとは参考書とか」

「井川くんの中のあたしって、ガリ勉そのものだね。そんなことないんだけどなぁ」

楽しそうなふたりの会話。教室ではおとなしい菜月だけど、ここではまるで何事もなかったかのように笑っている。そして、慎太郎も……。知らなかった、ふたりが知り合いだったなんて。こんなに仲がよかったなんて。慎太郎が小説を読むだなんて。

「あ、そういえば、北沢《きたざわ》のヤツが今度みんなで集まろうって」

「北沢くんが？」

「塾のメンバーで同窓会がしたいらしいんだよ」

「うん、いいよ」

「じゃあ、連絡先聞いてもいい？　詳細決まったら知らせるから」

「うん」

ふたりが仲良く連絡先を交換している姿を見つめる。ふーん、そっか。ふたりは塾で一緒だったんだ。それに、慎太郎って意外と大胆なんだ。自分から誘ったりもするんだね。無口でクールなのかと思っていたけど、違ったんだ？　爽やかで、優しい。あんたのそんな顔、久しぶりに見るよ。それに……菜月も。なんだかうれしそう。もしかしたら、ふたりは……これから恋に発展しちゃったりするのかな。悔しいけど、このふたりならお似合いだ。そういえば事故の日……ふたりが一緒にいるところを見たような、見ていないような。事故前後の記憶が曖昧《あいまい》で、はっきりとは思い出せない。でも今一緒にいるところを見て、ふとそんな気がした。

わたしの救世主《きゅうせいしゅ》

三日後。

「それでさー、この前お前が言ってた女とはどうなったわけ？」

「はぁ？　そんなもんとっくに終わったよ。次だ、次」

「ははは っ、ふられてやんの」

「ちっげーよ、こっちからふったんだし」

「それより、この漫画おもしれーよ」

ど、どうしよう。さっきから十分以上、本棚の隙間からチラチラ覗いては、頭を悩ませ続けている。クラス章の色からして、あれは三年生の先輩たちだ。派手な色に染められた頭髪。無数についてるピアス。ゆるく着崩した制服。明らかに不良っぽくて、怯《ひる》んでしまう。ここは図書室で、本来なら静かにしなきゃいけない場所。それにもかかわらず、本棚を背もたれにして輪になり、大きな声を張り上げる先輩たち。音を出しながらスマホのゲームをしている人もいる。わたし以外にも人はいるけど、誰も注意をしようとはしない。司書さんでさえ、見て見ぬフリ。ほかの人も聞こえないフリをして本を読んだり、静かにそっと立ち去ったり、迷惑そうにチラチラ見つめたり。放課後の図書室。わたしは過去に読みたいと思っていて、結局読めていなかった本を借りに来たんだけれど——。

その本はあろうことか、先輩たちが背もたれにしている本棚の一番上にあった。どうしてあんな所にあるの。台かなにかに乗らなきゃ、取れそうにない。それにこれから塾に行かなきゃいけないから、グズグズしている時間もない。どうしても読みたかったので、わたしは意を決した。

「あ、あの……！　すみません」

おどおどしたわたしの声。緊張から手が震えた。先輩たちはいっせいに顔を上げてわたしを見る。

「お、一年生？　かわいいじゃん」

「こんな子いたんだー？　俺、優里ちゃんしか知らねーわ」

マジマジと見定められ、居心地が悪いったらない。ここは早く立ち去るのみ。

「ほ、本を取りたいので、うしろいいですか？」

本棚を指差しながら、はっきりと伝える。すると先輩たちはお互いに顔を見合わせて、なぜか怪《あや》しげに笑った。

「悪いな、気がつかなくて」

「ほらほら、どうぞどうぞ」

先輩たちはササッと退《ど》いてくれた。

な、なんだろう？　この違和感は。素直によけてくれたのはいいけど、なんだかちょっと、あっさりしすぎているような……それに、ニヤニヤしていて気持ち悪い。なにか企《たくら》んでいるような気がするんだけど。疑問に思いながらも、時間が迫っていたこともあってそばにあった木の台を持ち上げた。そして移動させ、足をかける。

「お、やっべー。くるか？」

「ははっ、俺は赤とみた」

「いや、ピンクだな」

「意外と白かもよ」

先輩たちのヒソヒソ声が聞こえる。なんだか嫌な感じに聞こえるのは、気のせいかな。

「俺が取る」

「え？」

耳もとで低い声が聞こえたかと思うと、腕をグイッとうしろへ引っぱられた。台の上に乗せようとしていた足が床へと着地する。

「わぁ」

そしてうしろへバランスを崩した。その瞬間背中がトンッと誰かに当たって、倒れなくてすんだ。すぐうしろに人の気配がして、思わず顔を見上げる。

「ウ、ウソ……」

なんで？

「どの本？」

「え？　あ、右から二番目の……」

「これ？」

「うん……」

台を使うことも背伸びをすることもなく、その人はいとも簡単にわたしが取ろうとしていた本を引き抜いた。

「ちっ、なんだよ、残念」

「男が出てくるとか聞いてねーよ」

「あれって、バスケ部の井川じゃん」

「ヒーロー気取りかよ」

先輩たちが不満の声を上げるなか、慎太郎は先輩たちを睨《にら》んだ。

「図書室で騒がれるのは迷惑なんで、やめてもらえます？　じゃなきゃ、この前のこと先生に密告しますから。大事な受験に響かないよう、気をつけてくださいね」

「い、井川くーん、そりゃないよ。先輩に向かってさぁ」

争う気はないらしく、先輩は冗談っぽくヘラヘラ笑いながら返してくる。

「じゃあ、もう少し先輩らしいおこないをしてください。ほら、行くぞ」

「え？　あ」

　慎太郎に引っぱられるようにしてその場から離れる。困惑気味についていくわたし。なんだか慎太郎の横顔は怒っているように見えた。図書室の窓から差し込む光に照らされて、慎太郎のブロンドの髪がキラキラ輝いていた。それに、大きな手のひら。力強くて、しっかりしていて、なんだかとてもドキドキする。身長だって、すごく伸びたもんね。慎太郎は図書室の隅っこまで来ると手を離してくれた。近くに人はいなくて、わたしたちだけだ。

「アイツら、許せねーな」

「え？　なんで？」

「なんでって……お前、気づいてないのかよ」

　なんのことを言っているのかさっぱりわからずポカンとしていると慎太郎は呆れ顔で「はぁ」と大きなため息を吐いた。大きくてまん丸い瞳、その目はどことなく冷たさを感じる。形のいい整った眉毛がいびつに歪《ゆが》められた。

「アイツら、お前のスカートの中を覗こうとしてたんだぞ」

「え……？」

　スカートの中を覗こうとしてた……？　あ、だからあんなにニヤニヤしてたの？　そういえば、色のことも言ってたような……。慎太郎が来てくれなかったら、確実に見られていた。やだ、そんなことに気づかなかったなんて、恥ずかしすぎる。

「お前さぁ、もうちょっと周りに気ぃ配れよ。アイツらのこと、変だと思わなかったのか？」

なぜだか責めるような目で睨まれた。

「お、思ったけど、急いでたし、どうしても読みたい本だったから……」

それにね、この機会を逃すと、もう読めないかもしれないから……。

「はぁ」

またしてもため息を吐かれた。きっともう、完全に呆れられている。ううん、嫌われているんだ、わたしは。慎太郎のまっすぐな瞳を見ていると、ひしひしとそれが伝わってくる。

「ご、ごめん……いろいろありがとう。じゃあ、塾だから帰るね」

慎太郎の手から本を奪《うば》って踵《きびす》を返す。心臓はバクバクしてるし、手汗がすごい。図書室を出たわたしは一旦教室に戻ると、カバンをつかんで教室を飛びだした。昇降口でローファーに履き替え駐輪場へと急ぐ。グラウンドのほうからは、サッカー部がボールを蹴《け》る小気味いい音や、野球部が素振りをするスイング音が聞こえてくる。ジリジリと照りつける太陽を見上げ、思わず目を細めた。気温が高くてものすごく暑い。こんな日はクラクラとめまいがしそうになる。そういえば慎太郎と仲良くなったのも、今日みたいに暑い日だったな。快晴の空を見上げて、そんなことを思った。慎太郎とわたしが出会ったのは小学一年生の時のこと。

＊。＊・○　.○・＊。＊・○　.○・＊。＊・○＊.。＊・

『ドーン、時限爆弾《じげんばくだん》でーす！』

うしろからランドセルを思いっきり押されて、前のめりに転んだ。ドタバタと走ってくるたくさんの足音。

『バーカバーカ、佐上のバーカ。ノロマー』

『はは、転んでやんのー』

『バーカ、ブース』

通りすがりに悪口を言って走り去っていく数人の男子たち。アスファルトに打ちつけた膝《ひざ》がジンジンする。

『バカって言うほうが、バカなんだよ……っ！』

『なんだとー？　佐上ブウのくせに、生意気だぞ』

『うるさいっ！』

心を痛めながらも、強がって、意地を張った。負けたくなくて、必死に言い返した。クラスで一番身体が大きな小野田《おのだ》くん。その男の子の顔には生傷が絶えなくて、イタズラッ子であることを主張している。顔もなんとなくガキ大将っぽくて、女子からひそかに恐れられていた。

『そのへんにしとけよー。たかがドッジボールで当てられたくらいで、ひがんじゃダメだって』

『うっせー、シンタローは黙ってろ』

『女の子には優しくしろよ』

『はぁ？　なに言ってんだよ。シンタローはバカだな。佐上ブウなんかに優しくする必要なーし』

遠くのほうでそんなやり取りが交わされているのを、わたしは歯を食いしばりながら聞いていた。涙がこぼれ落ちないように、必死に我慢してたんだ。

『ブウじゃないもん……っルウだもん……バカァ』

そう言った瞬間、こらえきれなくて涙がこぼれた。

当時、わたしは小野田くんから目をつけられていた。その原因は、わたしがドッジボールでボールを当ててしまったから。よっぽど悔しかったのか、それ以来なにかにつけて文句を言われたり、こうやってうしろから押されたりする。悔しい、ものすごく。

『大丈夫？』

『え？』

真夏の暑い日、学校帰りの通学路で、いつの間にか太陽を背にした慎太郎が目の前に立っていた。まん丸に見開いた目が心配そうに揺れている。

『だ、大丈夫！　だから、あっち行って』

涙を浮かべているところを見られたくなくてそっぽを向いた。慎太郎は身体が小さくて、さらにはわたしよりも細くて、その上声も高くて、女の子みたいにかわいくて、押すとすぐに折れてしまいそうなほど弱々しい男の子。そんな子に泣き顔を見られたくなかった。

立ち上がって走ろうとすると、膝に痛みが走った。

『血が出てる。痛い？』

『うっ……ううっ。うわーん』

膝がズキズキして痛かったのと、流れ出ている血を見たら強がっていた緊張の糸が一気に切れた。人目もはばからずに大声をあげて泣くわたしを見て、慎太郎はオロオロしていた。でも、しっかりしなきゃと思ったらしい。

『大丈夫、大丈夫だから。ほら、こっち来て』

細くて小さい慎太郎の手が、わたしの手をギュッと包み込む。

すぐに折れそうだと思っていた慎太郎の手は、意外にも力強くてしっかりしている。その手の温もりに、なぜだかとても安心させられた。慎太郎は近くの公園の水道でハンカチを湿らせ、わたしの膝についた小石や血をぬぐってくれた。

『いたっ』

『わー、ごめん。でも、ちょっと我慢して』

『うん……ありがとう』

必死に歯を食いしばって痛みに耐えた。慎太郎は血で汚れたハンカチを洗っては、わたしの膝にそれを当てた。何度も繰り返しているうちに、やがて血は止まって痛みも引いてくる。その頃には涙も止まって、落ち着きを取り戻していた。

『明日から嫌だな。学校、行きたくないよ』

明日からもわたしは小野田くんに嫌がらせをされるんだ。きっとそれは変わらない。無意識に慎太郎の服の裾《すそ》をギュッと握っていた。

『大丈夫だよ。なんかあったら、俺が守ってやるから』

『え？』

なに言ってるの、そんな小さな身体で。わたしよりも細いくせに。ツラいのを忘れて、思わず心配してしまう。

『心配すんなって。俺、これでも強いんだからなっ』

慎太郎は照れたように鼻をかいて、恥ずかしげに、でも自信たっぷりに笑ってみせた。

強い……？　慎太郎が？　頼りなくて細い肩、女の子みたいな笑顔。慎太郎はわたしの力で軽く押しただけで、倒れちゃいそうなほど弱く見えるんだけど。

『えー、ほんと？』

なんだかクスクス笑ってしまう。

『ほんとだって！　俺が守ってやるからルウは安心して学校に来い』

『なんでわたしの名前知ってるの？』

『さっき言ってたじゃん、ルウだって』

『そうだけどさ……あはは、ありがとう、シンタロー』

『おう！』

今日初めて話した慎太郎と名前で呼びあうようになった。


次の日の朝、宣言通り慎太郎は小さな身体で小野田くんに挑んだ。ふたりは互角《ごかく》に戦っている。ボロボロになりながら、最後には根負けした小野田くんが泣きだして試合終了。ふたりとも泥だらけだった。

『二度とルウに手を出さないって約束しろ。それと、ちゃんと謝《あやま》れ』

『ご、ごめんっ……なさいっ』

小野田くんは泣きながらわたしに謝ってくれて、わたしは迷わずにそれを受け入れた。慎太郎がわたしのためにここまでしてくれたという事実だけで、もう十分だった。

わたしは慎太郎に駆け寄り、泣きながら泥だらけの彼に抱きついた。

『泣き虫だな、ルウは』

『だ、だって……っ』

ここまでしてくれるとは思ってなかったんだ。本気で怒ってくれると思わなかったんだ。

『これでもう、学校に行きたくないなんて言わないよな？』

『うん！』

『ははっ、よかった』

そう言って優しく頭をなでてくれた慎太郎。どうしてわたしにそこまでしてくれるのかはわからなかったけど、彼の気持ちがうれしかった。その瞬間、わたしの中で慎太郎に対する気持ちが変わったんだ。弱々しい小さな背中が、頼りがいのある大きな背中に見えた。正義感が強くてまっすぐで、ヒーローみたいに突然現れた慎太郎に救われたの。そのあと全員こっぴどく先生に叱られたのは言うまでもない。

わたしだけじゃなく、慎太郎は誰にでも分けへだてなく優しくて、同じ態度で接する。困っている子がいたら助けるし、泣いている子には声をかける。ひとりぼっちの子がいたら駆け寄っていくし、問題が起こったら一方的に誰が悪いと決めつけるのではなく、みんなの話を聞いて客観的に問題の本質を見極めて解決する。時には実力行使に出ることもあるけど、昔から頭がよくて、明るくて、無邪気で、やんちゃだけど、曲がったことが大嫌い。スポーツが得意で、中でもバスケが大好きな慎太郎。そんな慎太郎はクラスでも人気者で、みんなから好かれていた。そしてわたしも、そんな慎太郎が好きだった。

小学三年生の時、運動会でリレーの選手になったわたしはアンカーという大役を任された。というよりも、ジャンケンで負けてしまったのだ。慎太郎とはべつのクラスで、彼も同じくリレーのアンカーだった。慎太郎の場合ジャンケンで負けたわけじゃなく、きっと立候補してアンカーになったんだろう。足が速いのも知ってるし、ほかのクラスのアンカーも強者ぞろいで、正直勝てる気がまったくしない。

ううっ、嫌だよ、緊張する。足がガクガクして、ちゃんと走れないかも。転んだらどうしよう……。不安と緊張でいっぱいいっぱいだったわたし。相当切羽詰まっているように見えたのか、半泣きのわたしに慎太郎が優しく声をかけてくれた。

『大丈夫、ルウならできる』

『うー、む、無理だよぉ……』

そりゃ、慎太郎は足が速いから余裕たっぷりだろうけどさ。

『大丈夫だって』

慎太郎のその自信は、いったいどこからくるんだろう。どうしてそんなふうに言い切れるの？　わたしは自分に自信なんてない。慎太郎はいつも行動に迷いがなくて、自分が正しいと思ったことを堂々とやってのける。そんな慎太郎がカッコよくて、まぶしくて、時々見ていられなくなるんだよ。でも不思議だね。慎太郎に大丈夫だって言われたら、そんな気がしてくるんだもん。慎太郎の『大丈夫』は魔法の言葉みたいだよ。なんだかいけそうな気がしてきた。

『シンタロー、ありがとう』

よし、がんばろう。せめて最後まで全力で走り切る。大丈夫だって言ってくれた慎太郎のためにも。

『行けー、佐上ー！』

『がんばれー！』

バトンを受け取って全力で手足を動かした。走りだしたら、周りの声はなにも聞こえなくなった。ただ風を切る音と、客席の景色が一瞬で過ぎていく。順位は三位。このままのペースで走り続けたら、二位の人を抜けるかもしれない。背中がすぐそこにあった。手を伸ばした先にふれそうな距離まで来た時だった。

『あっ』

――ズザーッ。

自分の足につまずいて、思いっきり前のめりに転んでしまった。転ぶ時に防御反応で思わず両手が出てしまい、顔面を派手に地面に打ちつけた。鼻先と膝がジンジンする。

『あっちゃー！　なにやってんだよー！』

『せっかく追い抜けると思ったのにー！』

『佐上、立ち上がれー』

地面にひれ伏すわたしの耳に、あちこちからいろんな声が聞こえてくる。恥ずかしくて、痛くて、消えてしまいたい。どうしてわたしは、いつもいつも……肝心なところでダメなんだろう。もうやだ、帰りたいよ。嫌だよ。逃げたい。やっぱりわたしはなにをやってもダメなんだ……。ジワジワと涙が浮かんだ。カッコ悪くて、立ち上がることも、顔を上げることもできない。その間にも後続の人たちに追い抜かれて、ビリ確定。もう少しだったのに……。

『大丈夫か?』

走り寄ってくる足音と共に降ってきた優しい声。

『え……?』

恐る恐る顔を上げたわたしの目に、汗だくの慎太郎の顔が映った。

『わ、鼻血出てんじゃん』

そう言ってわたしのそばにしゃがみ込み、体操服のお腹の部分でわたしの顔をゴシゴシとこすった。

『うぷっ』

『我慢して』

体操服についた血を見た瞬間、口の中に鉄の味がした。慎太郎の体操服からは柔軟剤のいい匂いがする。

『シ、シンタロー、体操服が汚れるよ。それに、リレー……せっかくトップだったのに』

思いのほかたくさん血が出てしまい、白い体操服が赤く染まっていく。それを見て申し訳ない気持ちでいっぱいになった。それに……わざわざ戻ってきてくれたの？　わたしのために？　どうして……？

『いいんだよ。それより、自分の心配しろよな』

慎太郎はわたしの手を引っぱり、立ち上がらせてくれた。心配した先生が駆け寄ってきたけど、わたしと慎太郎はふたりで最後まで走り切った。ふたりでビリになったけど、人一倍負けず嫌いな慎太郎は悔しがることなく笑っていて。わたしはますます申し訳なさでいっぱいになった。でも、それ以上にうれしかった。きっとあの時、慎太郎が来てくれなかったらわたしは最後まで走れなかったと思う。

『どうしてシンタローはそんなに強いの？』

思い切って一度そう訪ねたことがある。慎太郎の根っこの部分を覗いてみたかった。

『え、強くないよ』

キョトンとして目を見開く慎太郎。

『ううん、強いよ。ヒーローみたいだもん』

『ははっ、ありがと。俺が五歳の時、父ちゃんが交通事故に遭って……俺、その時父ちゃんと一緒にいたんだ。怖くてずっと震えてたけど』

『え？』

『救急車でそばに付きそってた俺に、血まみれの父ちゃんは言った。『父ちゃんは絶対に助かるから、信じろ。男が泣くんじゃねー、みっともないぞ。父ちゃんは大丈夫だ』って、苦しそうに言いながら笑ってた』

『え、笑ってたの？』

『うん、笑ってた。血がいっぱい出てんのに、泣いてる俺見て笑ってた』

『そんなことが、あったんだ……お父さんは、どうなったの？』

『助かったよ。治療を受けて意識を取り戻した父ちゃんは『ほら、言っただろ？』って笑ってたんだ。そん時の父ちゃんの笑顔がすっげーカッコよくてさ。俺も父ちゃんみたいなカッコいい男になりたいって思ったんだ』

『へぇ』

すごいな、さすが慎太郎だな。慎太郎のお父さんも、すごい人だね。慎太郎の強さはそこにあったんだ。わたしはますます慎太郎のことが好きになった。

小学五年生の時、また同じクラスになった。一年生の時は小さくて細かった慎太郎も、五年生になると身長が伸びて、いつの間にか追い抜かれていた。肩幅もしっかりして、体格もよくなった。それはたぶん、バスケをしているおかげでもあったんだと思う。小さくてかわいかった慎太郎は、もうどこにもいない。その代わりに、大きくなって男らしく成長した慎太郎がいた。昼休みのたびにわたしもクラスの男子や女子とバスケをしたり、外でドッジボールをしたり、男女関係なく仲がよかったうちのクラスは、わたしを含め、教室にいるよりも外で身体を動かして遊ぶほうが好きだった。毎日が楽しくて、笑っていたような気がする。

　ある日の放課後、通学路の途中の公園で一匹の野良猫を見かけた。茶色と白の模様がまだらになった毛並みの整った猫で、体が大きいからもう大人だろうか。わたしはなんだか目が離せなくなって、その猫に近づいた。人慣れしているのか、猫は逃げだすそぶりもなく、じっと立ち止まってまん丸な目でわたしを見てる。澄んだ茶色の瞳がとても綺麗で、しばらく見つめあっていると、猫はとたんにわたしに興味をなくしたのか、プイと前を見てヒョコヒョコと足を引きずりながら歩いていった。

『猫ちゃん、ケガしてるの……？』

　返事なんてくるわけがないのに、思わず声をかけてしまった。猫はわたしの声に再び足を止めてわたしを見る。

『血が、出てるよ。わたしもね、よくケガするんだ。そのたびにシンタローがね、手当てしてくれるの。あ、ちょっと待っててね！』

　ダッシュで家に帰り、クローゼットの中にしまってあった救急セットを取りだす。その中から消毒液や包帯、化膿《かのう》止めの軟膏《なんこう》、ガーゼやテープを出して手提《てさ》げカバンに詰めた。救急セットの中身が床一面に散らかる中、ランドセルをその場に放置し、駆けだす。こんなのお母さんが見たら激怒《げきど》するだろうけど、買い物にでも行ったのかな。家にいなかった。人間の言葉がわかるわけないし、猫は気まぐれだっていうから、もうそこにはいないかもしれない。でもわたしはなにかに突き動かされるようにして、一目散に公園へと戻ったんだ。すると驚くことにそこにはさっきまでの猫がいて、わたしが戻ってくるタイミングを見計らってそっと立ち上がった。

『待ってて、くれたの……？』

『ニャア』

まるで濁音《だくおん》でもつきそうなほど、低くて太いダミ声。ちゃんと返事をしてくれたように聞こえた。

『手当てしてあげるね。さわっても、いいかな？』

『ニャア』

いいって、ことかな？　恐る恐る猫に近づいた。猫は逃げることもなく、すんなりとわたしを受け入れてくれているように見える。猫は警戒心が強いというけど、さわられることを嫌がるでもなく、おとなしくわたしに手当てされている。肌ざわりがいいフワフワの毛が、とても気持ちよかった。それに温かい。動物の体温って、なんでこんなにホッとするのかな。

『よしっ、これで大丈夫。化膿止めも塗ったし、包帯も巻いたし。わたしのお父さんとお母さんね、お医者さんだから包帯の巻き方とか薬の塗り方とか教えてくれるの。だから、ケガした時はいつでもわたしを頼ってね』

『ヴー、ニャア』

人間の言葉がわかるのかな。どこかの飼い猫だから、人慣れしてるの？　スックと立ち上がり、猫はこの場を立ち去る。

『バ、バイバイ、猫ちゃん！　また会おうね！』

返事はしてくれなかったけど、わたしはそんな猫のうしろ姿を見えなくなるまで見つめていた。

『ルウ？　なにしてんの？』

『え？　あ、シンタロー』

うしろから現れた彼にビックリして目を見開く。慎太郎はキョトン顔。

『猫ちゃんがね、ケガして血が出てたから手当てしてたの。わたしって、いつもシンタローに手当てしてもらってるでしょ？　だから恩返しみたいなものだよ』

『ははっ、ルウらしいな』

そう言ってニッコリ笑う慎太郎。その笑顔にドキッとして、真冬だというのになぜだか身体中に熱が注がれたように熱かった。

＊。＊・。　.。・＊。＊・。

懐かしい思い出。そういえば。

「あの時の猫ちゃん、元気にしてるかな」

あれ以来、姿を見かけたことはなかったけど、きっとどこかで元気にしているはず。

思い出の中の慎太郎は今でもわたしの中で色褪《あ》せず、綺麗なままだ。慎太郎はいつだってまっすぐで、どんな時でもわたしを助けてくれた。守ってくれた。無邪気なその笑顔に、いつもいつも元気をもらってた。ありがとうって、いくら言っても足りない。わたしの中で慎太郎だけが揺るぎない正義だった。尊敬してた。慎太郎が味方でいてくれたから、わたしの世界はキラキラと輝いていたんだ。それなのに……中学二年生の時、わたしの世界は突然色を失った。きっとその頃からわたしは、自分の生きる意味を見いだせなくなっていった。

＊。＊・。　.。・＊。＊・。　.。・＊。＊・。　.。・＊

中学生に進級すると、小学生の時とは違って周りがやけに大人びているように見えた。私服から制服になったこと、今まで最上級生だったのに、下級生になったこと、学校のグラウンドに遊具がないこと、きゃあきゃあと騒ぐ子どもの声や泣き声が聞こえなくなったこと。それだけじゃない、校舎にも独特の雰囲気があった。背の高い机に椅子、分厚い教科書。もう子どもじゃないんだと、それだけでなんだか自分も少しだけ大人になったような気がした。

それはわたしだけじゃなくて、周りの女子や男子も一緒だった。今まで男女関係なく遊んだりしてたのに、中学校はやたらと男女別に分けたがる。異性に対して敏感になり、やたらと意識するようになって、男子と仲良くしていると『好きなの？』ってありえもしないことを聞かれたりして。入学して二カ月も経つと、つい数カ月前まで男女一緒にバスケやドッジボールをしていた日々が遠い昔のことのように思えた。中学校は規模が大きく一年生だけでも七クラスあり、慎太郎とはクラスがべつだった。一組と七組で、端っこと端っこ。校内ですれ違うことはあまりなかったけど、たまに会うと普通に会話する。お互いの近況だったり、小学生の頃の友達のことだったり、話題はいろいろ。

『琉羽はバスケ部に入らなかったんだな』

ちょっと大人びた慎太郎が小さく笑った。寂しそうな笑顔。色素の薄い慎太郎のブロンドの髪がフワッと風になびいた。

『あ、うん……』

『そっかー、好きだと思ったのに。ほかにやりたいことでもあった？』

『ううん……そういうわけじゃないよ』

慎太郎はバスケ部に入って部活一筋でがんばっている。本当はわたしもバスケ部に入りたかったけど、お母さんにそれを言えなかった。言うとまっ向から反対されそうな気がしたから。そんなことより、勉強しろって言われそうだったから。

中学一年生の終わり頃、慎太郎の声が高音から低音に変わって、身長がさらにぐんぐん伸びだした。喉仏《のどぼとけ》も出っ張り、腕や胸に筋肉がつきはじめてすごく男らしくなった。肩幅も広くて、がっしりしていてとても頑丈そうに見える。全体的にスタイリッシュで小顔だから、スタイルがすごくいい。見かけるたびにどんどんカッコよくなっていて、それと同時に慎太郎はすごくモテるようになった。容姿端麗《ようしたんれい》、成績優秀、それに加えてバスケもすごくうまくて、性格もよし。おまけに友達も多くて、クラスの人気者。そんなパーフェクトな人が本当にいるの？と疑いたくなるほどの模範解答のような人物が慎太郎だった。クールでツンとしたところもあるけど、イタズラ精神旺盛な子どもっぽい一面もあったりして、慎太郎はいつも女子から注目の的だった。

『井川くんって、やばいよね。すごくカッコいい！』

『彼女になりたーい！』

『無理無理。どんなにかわいい子が告《こく》っても、バスケに集中したいからってふられるんだもん』

『望み薄いよね。限りなくゼロに近いんじゃない？』

『でも、すっごーく優しいんだよ。それも押しつけがましくなく、さり気なく優しいの。笑顔もカッコかわいいしさぁ』

『言えてるー！　誰にでも優しいもんね』

クラスが離れていても慎太郎のことは耳に入ってくる。知らない子が慎太郎の話をしているのを聞いて、その背中がどんどん遠くなっていくような気がした。もうわたしだけが知ってる慎太郎じゃないんだ。そんなことを考えたらどうしようもなく寂しくて、やるせなくなる。大きくて広い世界に飛びだしていこうとしてる慎太郎と、ひとりポツンと取り残されているわたし。

『井川くんと付き合ってるの？』

わたしと慎太郎が仲良く話すところを見ていたクラスの女子が、そんなことを聞いてきた。

『や、やだ！　まさか！　ありえないよ！』

だってわたしと慎太郎じゃ、あまりにも住む世界が違いすぎる。慎太郎の世界を壊しちゃいけない。わたしが踏み入ってはいけない。慎太郎は雲の上のような人。わたしなんかとは対等じゃないの。

『でも、仲いいよね？　友達なの？』

『そんな……友達だなんて！　そんなふうに思ったことは、一度もないよ』

いつだって慎太郎はわたしの救世主《きゅうせいしゅ》で、カッコいい存在だった。友達と呼ぶなんておこがましい。図々しい。だから全力で否定した。


ショックな出来事が起きたのは、中学二年生になって二カ月くらい経ってからのことだった。二年生でもわたしたちは同じクラスではなく、今度は二組と三組という隣のクラスだった。ある日の放課後、帰ろうとして隣のクラスの前を通った時『井川ー、お前、二組の佐上と仲いいよな。付き合ってんの？』そんな声が聞こえてきた。

不意に足が止まったのは、自分の名前と慎太郎の名前が出てきたから。慎太郎がそこにいる。それだけで、どうしようもなくドキドキしてしまう。

『あ、それ、俺も気になってた！　佐上さんって、細くてかわいいよな』

心臓が激しく高鳴る。慎太郎はなんて返事をするのかな。それだけが気になって、手に汗握る。

『やめといたほうがいい。アイツ中身は男みたいだし、全然かわいげねーよ』

ズキンと胸がはりさけそうな感覚がした。

『男みたいって、マジかよ』

『見た目、めっちゃ女の子らしいのに』

『お前の目がおかしいんだって！　とにかく琉羽だけはやめとけ‼』

ドクンと心臓が鳴った。聞き間違いだと思いたかった。

『でも、かわいいじゃんよー。紹介してもらおうと思ったのに』

『いや、アイツだけは絶対にない。それに紹介するほど仲良くねーし。だから、お前らも相手にすんなよ』

ガラガラと世界が崩れる音がやけにリアルに耳に響いた。足もとから崩れ落ちそうになり、必死に足を動かしてその場から走り去った。その後のことは、正直あまり覚えていない。どうやって家に帰ったのか、どうやって過ごしたのか。覚えているのは……。

『全然かわいげねーよ』

『仲良くねーし』

『アイツだけは絶対にない』

知らなかった、そんなふうに思われていたなんて。それは女の子としてないって意味だよね？　それとも、人として？　もしかすると嫌われていたのかな。

今まで慎太郎の口から誰かを否定する言葉なんて聞いたことがない。それはわたしが小野田くんに嫌がらせをされていた時だってそうだ。彼は小野田くんのことを悪いようには言わなかった。だから戦ったあとには親友のように仲良くなっていたし、それは今も変わらない。友達だと思っていたのに、慎太郎の言葉はそれさえも否定しているようだった。友達だと思ってたのは、わたしだけだったんだ。ショックで目の前がまっ暗になった。クラクラとめまいがして、激しい動悸《どうき》までしてきた。慎太郎の優しさに甘えて、助けを求めて、慎太郎はいつもそれに応えてくれた。でもそれは見せかけだけで、本当は迷惑でしかなかったのかもしれない。じゃあわたしはいったい、慎太郎のなんだったの？

揺るぎないものが壊れた瞬間、世界は色を失った。これ以上、慎太郎に迷惑をかけちゃダメだ。もう関わらないようにしよう。それがわたしの出した結論。

『おい、琉羽。なんかあったのか？　最近変だぞ』

放課後、帰ろうとしていたわたしの前にひょっこり現れた慎太郎。彼が隣にいるというだけで、ものすごい動悸がして、冷静でいられなくなる。嫌われているかもしれないという事実がありありと突きつけられて、キリキリと胃が痛む。わたしのことが嫌いなくせに、どうしてニコニコしながら話しかけられるの？

『慎太郎には、関係ないよ。っていうか、もう無理にわたしに話しかけなくていいよ。慎太郎のこと……友達だなんて思ってないから』

『は？　お前、なに言ってんの』

わたしのことを友達だと思っていない慎太郎とこれ以上一緒にいるのがツラい。もう嫌だ。わたしはたぶん嫌われている。根拠はないけど、そんな気がするの。逃げ、たい。唇を真一文字にキュッと結んだ。そして、覚悟を決める。

『琉羽?』

『ほっといてよ! 慎太郎なんて大嫌いなんだからっ!』

叫ぶようにそう言って、その場から走り去った。慎太郎が追いかけてくることはなかったけど、わたしは全速力で走って帰った。もうかき乱されたくない。友達でいることさえも否定された日から、慎太郎といると心の弱い部分がむきだしになって、ものすごくヒリヒリする。苦しくて、切なくて、穏やかじゃいられなくなる。だからもう、わたしに関わらないで。お願いだよ。

中学二年生のあの日以来、慎太郎のことを徹底的に避け続け、気づくといつの間にか話すことはなくなっていた。遠くに慎太郎の姿を見つけると、逃げて、隠れて、視界に入らないように、見つからないように必死だった。中学三年生の時、同じクラスで一度だけ隣の席になったことがある。そこで一度だけ話しかけられた。朝からチラチラと様子をうかがうような眼差《まなざ》し。その視線に気づいていながらも、わたしは知らないフリをしてやり過ごした。

『中二の時、もしかして、俺らの話聞いてた?』

昼休みに入って唐突に投げかけられた質問は、わたしの心を激しく揺さぶった。慎太郎は間違いなくあの日のことを言っている。

『なに、それ？　知らないよ』

『あれはさぁ』

『話しかけないでって言ってるじゃん……！　もう……関わりたくないんだよっ』

今さら言い訳なんて聞きたくない。なにを言われようと、あの日の言葉が慎太郎の本心でしょ？　それだけは変わらない事実だ。これ以上、わたしを苦しめないで。お願いだから、そっとしておいてよ。

『俺、そこまで嫌われてたんだな……ごめん。もう話しかけないから』

やけに暗くてしょんぼりしたような声だった。その言葉を最後に、慎太郎がわたしに声をかけてくることは二度となかった。

＊。＊.。　.。.＊。＊.。　.。.＊。＊.。　.。.＊。

Two
もしも明日があるのなら、
君に好きだと伝えたかった。

あの日の後悔

図書室からの帰り道、ゆっくり自転車を漕《こ》ぎながら、頭の中でそんな回想をしていた。慎太郎のことを思い出すと、今でも少し胸が痛む。ひどい態度を取ったのに慎太郎はさっき図書室で助けてくれた。困っている人を見ると放っておけなくて、ついつい手を差し伸べてしまう人だから。わたしのことが嫌いでも、放っておけなかったんだよね。そんなところは昔から変わってなくて、それはある意味すごいことだと思う。どうしたらそんなにまっすぐでいられるんだろう。わたしは全然ダメだ。周りに合わせてばっかりで、いつもいつもいつも……ただ流れに身をまかせている。自分の意見もなくて、自分がなにを考えているのか、自分でもわからない。こんなわたしが慎太郎と肩を並べられるわけがない。天と地ほどの差ができてしまっている。でも、いつだって、どんな時だって『このままでいいわけがない』。それだけはわかっていた。

「なーんか、調子に乗ってない？　当てつけみたいに堂々としちゃってさ」

グロスで艶めく優里の唇が不機嫌そうに歪められた。優里は机に頬づえをつきながら、うしろにいる菜月を鋭く睨んでいる。わたしは自分の席に座って、優里と美鈴の会話に耳をかたむける。

「ほーんと、平然と本なんか読んだりしちゃってさ。あたしはなんとも思ってませーんってか」

「うっざ」

菜月の毅然《きぜん》とした態度が気に入らないようだった。わたしはこうなることを知っていてなにもできずにいる弱い人間だ。

「ねぇ琉羽、あんたはどう思ってんの？」

「え……？」

「だーかーらー、あんたは近藤菜月のこと、どう思ってんの？」

教室中に響き渡るほどの大声に内心ヒヤリとした。静まり返った教室内。チクチクと針で刺すような視線が、あちこちから向けられているのがわかる。背中に冷や汗が伝う感覚がして、心臓の音がやけにうるさい。

「早く答えなって、どう思ってんのよ」

「そうだよ。琉羽って、なに考えてるか全然わかんないしさ。この際、はっきりさせようよ」

美鈴までもがこの状況を楽しんでいる。どうすればいいんだろう、どうすれば。記憶にないからよけいにとまどう。こんな時、慎太郎だったらどうする？

「わ、わたしは……」

わたしは……。

――ガタン。

そう言いかけた時、菜月が急に立ち上がった。あまりの勢いに、椅子の背もたれがわたしの机に当たる。菜月はなにも言わずにわたしの横を通りすぎ、教室をあとにした。

「なんなんだよっ、アイツ」

優里がチッと舌《した》打ちする。

「超感じ悪いんだけど」

美鈴も怒りを隠さない。

「完全にうちらのことなめきってるよね！」

「マジでムカつくわ」

完全に菜月を敵だと認めたようで、話題は菜月に移り変わった。冷や汗が背中を伝い、息が苦しくなる。菜月が教室を出ていかなかったら、わたしはなんて言ったんだろう。自問しながら、迎えた次の授業。菜月は授業がはじまる寸前に教室に戻ってきたけど、うつむいていて元気がないようだった。

今日一日ずっと気が気じゃなくて、優里と目が合うたびに寿命が削られていくような気がする。そんな日々が三日も続くと、わたしの身体はついに悲鳴をあげた。

どうしよう、気持ち悪い、かも……。

とうとう限界がきて、三時間目がはじまる前に保健室へ行くことにした。目の前がぐるぐる回っている。身体中が熱くて、思うように動かない。ここ最近寝不足のせいもあって、頭が重い気もする。

保健室に向かっている途中で、誰かと肩がぶつかった。すでにボロボロだったわたしは、ドサッと床に膝から崩れた。立っていられないくらいツラかった。

「お、おい、大丈夫か？」

「え……？」

顔を上げた瞬間「「あ」」っと声が重なった。見つめあうこと数秒。先に口を開いたのは、向こうだった。

「具合悪いのか？」

「だ、大丈夫、そんなんじゃないから」

立ち上がろうとしても足に力が入らない。意識だって朦朧《もうろう》としてるし、きっと熱があるな、これは。

「ほんと、大丈夫、だから……はぁ」

本当はフラフラなくせに強がってみせる。次第に息が切れてきて、起き上がっているのもツラいほどだ。それになんだか視界がかすむ。

「大丈夫って、そんな赤い顔してよく言うよ。ったく」

呆れたようなため息が聞こえた。

「よっと。ほら、しっかりつかまってろよ」

え……？

次の瞬間、身体がフワッと宙に浮いた。

えっ？　いったい、どうなってるの……？

「ちょ、ちょっと……」

「フラフラなくせに、無理しなくていいから」

「しん、たろう……っ」

「んだよ、ったく」

「あ、いや……ううん、なんでも、ない……けどっ」

下がってくるまぶたに抗えなくて、そっと目を閉じる。慎太郎の腕の中は驚くほど温かくて、優しくて。今だけは嫌われているという事実が、ウソのように思えた。でもね、慎太郎。わたしは、あんたに優しくされる資格のない人間なんだよ。だって……わたしは。

わた、しは。あー……ダメだ。意識が遠のいていく。


。.。　.。.*。*.。　.。.*。*.。　.。.*。

わたしが事故に遭う前のこと。

夏休みが五日後に迫った暑い日のことだった。オレンジ色に染まる放課後の教室に、わたしはいた。優里と美鈴に呼び止められたのだ。

『琉羽、あんた明日の放課後、菜月を化学実験室に呼びだしてよね。わかった？』

『え、なんでわたしが……？』

『優里がそう言ってんだから、あんたは言われた通りにやればいいの』

『そうそう。あたしが言うことに文句は言わせないよ。あたしが言ったらやるの。いい？』

『で、でも、呼びだして、どうするの……？』

『ちょっと痛い目に遭ってもらうだけだよ。あたしがやることに文句でもあんの？』

『ち、違うよ、あるわけないじゃん』

『しくじったら、許さないよ。ちゃんと呼びだしてよね』

そ、そんな。でもここで断る勇気がわたしにはない。言われた通りにやればいいんだ。そしたら、わたしはずっと安全な場所にいられる。菜月のようにターゲットにされることはない。


次の日、わたしは帰り仕度をしている菜月の背中に声をかけた。

『な、菜月。話があるの。ここじゃ言えないから、あとで化学実験室に来てくれないかな？』

『え……？』

菜月はきっと、おかしいと思ったに違いない。この時のわたしは自分でもわかるくらい緊張していた。声だって震えていたかもしれない。そんなわたしを見て、菜月は静かに口を開いた。

『……わかった』

『じゃ、じゃあ、待ってるからっ』

そのあと勢いよく教室を飛びだしたわたしは、帰る気になれなくて足が自然とトイレに向いていた。個室の中でうずくまりながら、カタカタと小さく震える。どれくらいそうしていたのかはわからない。突然スカートのポケットに入れていたスマホのバイブが鳴って、飛び上がりそうなほどに驚いた。震える手で操作しながらメッセージを読む。

《すぐに化学実験室に来い。逃げたら許さないからね》

優里からのメッセージだった。逆らうことは、もちろんできない。行くしかない。行かなかったら、明日は我が身。そんなの絶対に嫌だ。だからわたしは、震える足で化学実験室に向かった。

『はぁはぁ……』

──ガラッ。

勢いよくドアを開けると、部屋の中はカーテンが引かれていて薄暗かった。目を凝らして見ると人の気配がある。

『あんたさぁ、マジで調子に乗りすぎだから』

『ほんっと、うざいんだけどっ』

恐る恐る足を踏み入れると、ふたりに壁際に追いつめられた菜月が、小さく震えているのが見えた。

『あ、琉羽！　遅かったじゃーん。なにやってたの？』

『ほーんと、待ってたんだよぉ？』

わたしの気配に気づいたふたりが振り返る。ふたりは今までに見たことがないほどの不気味な作り笑いを浮かべていた。口もとは笑ってるけど、目が全然笑ってない。

『琉羽は、あたしたちの友達だよね？』

『え……』

優里がなんの前ぶれもなく、そんなことを言った。ここはどう答えるべきなんだろう。返答を間違えると、優里の機嫌をそこねてしまうかもしれない。

『う、うん、もちろんだよ……』

『あははっ、だよねぇ？』

正解、だった？

『だったらさぁ、これで菜月のこと成敗してやってよ』

優里がスカートのポケットの中から小さな茶色い瓶を取りだした。瓶のラベルには化学薬品である硝酸《しょうさん》と書かれたラベルが貼ってある。

『え……なに、これ』

『だからぁ、菜月にこれをかけろって言ってんの。今、あたしたちは友達だって言ったよね？　友達のお願いを聞くのは、当然のことでしょ？』

反応が悪いわたしに、若干イライラしている優里。なに、それ。なんで……わたしがそんなこと。

『む、無理だよ、できないよ……っ』

ひくひくと頬が引きつる。これは夢だ。悪い夢なんだ。早く醒《さ》めて。頭の中がパニックで、そんな現実逃避をしなきゃやってられない。

『は？　友達を裏切るつもり？』

『……っ』

『早くやれよ』

『そうだよ、ちんたらしてんじゃないって』

優里に無理やり瓶を握らされる。わたしの手はカタカタとありえないほど震えていた。

どうして？　なんでわたしがこんなこと……っ。うまく息が吸えなくて、苦しい。目の前の菜月は、おびえきった目でわたしを見て震えている。胃が、心臓が、なにかに押しつぶされそうなほどに痛む。

『ぷっ、琉羽、あんた、なに震えてんの。しかも、半泣きになってるし』

『あはは、ウケるー！』

『な、んで、……』

なんで笑っていられるの？　ふたりのことがわからない。でも、やらなきゃ明日は我が身……。菜月の時より、もっとひどいことをされるかもしれない。だけど身体が動かなくて、わたしはただその場に立ち尽くす。カーカーと遠くでカラスの鳴き声がした。

『あーもう。トロいんだからっ』

痺れを切らした優里がわたしの手から瓶を奪い取ろうとしたその時。

『なにやってんだよ？』

背後から低い声がした。聞き覚えのある声に、心臓が嫌な音を立てる。まさか……まさか。嫌な予感しかしなくて、全身から冷や汗が吹きだす。頭が割れるように痛い。

『なにやってんのって、聞いてんだけど』

その声が怒っているということは、最初に聞いた時にわかった。でも、頭が心が……追いつかない。

『い、がわくん、なんで……？』

さっきまでの相手を威圧する声とは違うしおらしい声で優里が言う。

『なにやってんの、お前ら。よってたかって、イジメ？』

『違うよ！　そんなわけないじゃん！』

『じゃあ、なんなんだよ？　言ってみろよ！』

慎太郎が声を張り上げる。今までに聞いたことがないほど、怒りと憎しみがこもった強い口調だった。その剣幕《けんまく》に怯んだのはわたしだけじゃない。

『あ、あたしたちはやめようって言ったんだよ？　それなのに、琉羽がどうしても菜月を懲らしめたいって。ね、美鈴？』

えっ……？

『そうそう！　琉羽が最初に言いだしたんだよっ！　うちらは止めたのにっ』

なにを言ってるの……？　違うよ、違う。パクパクと金魚みたいに口を動かして声に出して言いたいのに、金魚みたいにパクパクと口を動かしてるだけで声にならない。ヒューヒューと空気の音が出るだけだった。

『琉羽に脅《おど》されて、あたし硝酸まで買わされたんだよ？　ほんと、ありえないって』

ウソを並べたてる優里。

『琉羽って見かけによらず、すっごい怖いの。硝酸を菜月にかけるとか言っちゃって！

うちらはそれを必死に止めようとしてたんだよ』

『そうそう。琉羽が怖くて硝酸を買っちゃったけど、それ、中身はただの水だから。あたし、怖くて。中身を入れ替えたものを琉羽に渡したの』

『恨《うら》むなら、あたしたちじゃなくて琉羽ひとりだけにしてよねっ！　行こ、優里』

ふたりの声が右から左に抜けていき、もうなにも頭に入ってこない。受け付けない。なにから否定すればいいのか、どうしてこんなことになっちゃったのかわけがわからなくて、頭がおかしくなりそうだった。バタバタと化学実験室を出ていったふたりを追うこともできず、慎太郎に弁解すらできないわたしは、ただ青ざめるしかなかった。

『琉羽、お前……昔はこんなヤツじゃなかっただろ。なんで……っ』

軽蔑《けいべつ》しているような、幻滅《げんめつ》しているような、慎太郎の力ない声がした。嫌われていることは承知の上だったけど、もう終わった。完璧に。もう元には戻せない。それだけはわかる。暗く深い地獄《じごく》へと落ちていくような気分。

『見そこなったよ、お前のこと』

やけに冷たくて、さげすむような声だった。うつむいたまま顔を上げることができなくて、ジワジワと浮かんでくる涙を必死にこらえる。たとえ事実がどうであれ、わたしのしてきたことは優里や美鈴と一緒だ。そう考えたら弁解なんてできるわけがなかった。どう言えっていうの。なんにも言えないよ、なんにもっ。わたしだって、加害者なんだから。

気づくとわたしは化学実験室を飛びだしていた。

＊。＊・。　。・＊。＊・。　。・＊。＊・。　。・＊。＊

「はぁはぁ……く、くるしっ」

全身が焼けるように熱くて身体中が火照《ほて》る。目の前が闇におおわれてなにも見えない。

あれは、夢……？

夢だったの？　でも、やけに胸が苦しくて。叫びだしたいのを我慢している。

「はぁはぁ……」

きっとこんなに苦しいのは、熱に浮かされているからだ。

「おい、おいっ。大丈夫か？」

次第に意識が戻ってきて、わたしはゆっくり薄目を開けた。目の前がかすんでいる。それに頭もボーッとする。身体が鉛のように重ダルい。

「目ぇ覚めたか？　お前、ずっとうなされてたんだぞ」

心底ホッとしたような慎太郎の顔が、ぼんやりと輪郭《りんかく》をもちはじめる。モヤモヤが薄れていくと、心配そうに眉を下げてわたしを見つめる慎太郎がそこにいた。

「平気か？　今先生呼んでくるから」

「な、んで……」

どうして、笑いかけてくれるの？　わたし、取り返しのつかないことをしちゃったんだよ？　慎太郎に幻滅されたんだよ。それなのに……。目頭が熱くなって、不意に涙が流れた。身体中の水分が全部目に集まっているんじゃないかと思うほど、次から次へとこぼれ落ちる。それは目の横を通って耳に伝い、枕を濡らしていく。

「お、お前、なに泣いてんだよっ」

「な、泣いて……ないっ」

「はぁ？　泣いてんだろ？　どんだけ強がりなんだよ。あーもう！　俺の前では強がるな」

とまどうように揺れる慎太郎の黒目。髪の毛をガーッとかきむしりながら、お手上げだとでもいうような表情を浮かべている。

「うぅ……っ」

「お前、そんなに身体がツラいのか？　泣くくらい、疲れてるんだろ？」

「ち、がう」

「じゃあ、なんだよ？」

「な、なんでも、ないんだってば……」

そう言って頭から布団をかぶった。勢いがよすぎたのか、ベッドのスプリングがギッと軋《きし》んだ。眠ったせいか気持ち悪さはなくなって、気分はスッキリしている。でも身体は熱くて、横になっていてもフラフラする。おまけに涙も止まらない。鼻水まで出てきた。こんな情けない顔、慎太郎に見られたくない。

「なんで、泣いてんだよ……？　俺には話せない？　お前のことが心配なんだ」

「……っ」

言えるわけないじゃん。言ったらもっと幻滅される、嫌われる。もう嫌だ、逃げだしてしまいたい。ここではないどこかへ、誰か連れてって。

いやいや、ここではないどこかって……。わたしはもうすでに来てるじゃん。ここに、過去に……来てるじゃん。過去でもやっぱりわたしの本質は変わらない。きっとずっとこのままなんだ。

しばらく涙が止まらず、しまいには嗚咽《おえつ》まで出てきた。こんなに泣いたのは、いつぶりだろう。泣いているうちにまた意識が遠くなってきて、気づくと眠りに入っていた。

そしてそれから三日、わたしは熱に浮かされることになった。三日目の午後にはもうすっかり熱が引いて、少しずつ食欲も出てきた。学校も三日間休んでいる。

あの日、目が覚めると保健室に慎太郎はいなかった。放課後まで寝てしまっていたらしく、誰が持ってきてくれたのかはわからないけど、カバンが近くに置いてあった。帰ろう。

起き上がると気配でわかったのか、先生がカーテンの隙間からヒョイと顔を覗かせた。笑うと目尻にシワができ、優しそうな小太りの保健の先生は、親を呼ぼうかと言ってくれたけど、わたしはそれを断固拒否して自転車に乗って帰った。

あの時は熱のせいで記憶が混在してたけど、夢で見たあのいまわしい出来事はこの先実際に起こる出来事だ。夏休みがはじまる四日前、つまり……明日実際に起こってしまう。慎太郎に軽蔑されて、暗い地獄へと落ちていったあの日……。どうして二度もそんな経験をしなきゃいけないの。

キリキリを通り越して、ギリギリと胃が痛む。こんなに痛かったら、わたしの胃には穴が開いてしまうんじゃないだろうか。それかストレスで胃潰瘍にでもなってしまいそう。はぁ。もう全部が嫌だ。なにも考えたくない。学校にも行きたくない。心とは裏腹に、身体は勝手に動いて明日の準備をはじめている。カバンの中身は三日前のままで、今の今まですわる気にもなれなかった。

「なに、これ」

カバンの中を開けて中身を取りだしていくと、小さく折りたたまれたメモが教科書と教科書の間から出てきた。もちろん、見覚えはない。とまどいながらそのメモを開くと、中に書かれていたのはなにかのＵＲＬだった。つぶやきサイトで有名なツブヤイターの名称がＵＲＬの中に入っていて、さらにはＩＤ番号のようなものまで明記されている。ツブヤイターの誰かの個人ページかな？　でもいったい、誰の？

これがカバンに入っていたということは、わたしに見てほしいってことだよね？

わたしはスマホにそのＵＲＬを打ち込むと、ドギマギしながらページを開いた。

「ウソ……」

これって、まさか。

《シンタロー》

まず最初に目に飛び込んできたのは、ユーザー名だった。シンタローって、あの慎太郎？

自己紹介欄には《高一のバスケ馬鹿。食って、寝て、バスケ三昧の日々。勉強はそこそこ。友達は多いけど、親友は少ない。でもそこそこ幸せ。》

たったこれだけの短い文だったけど、間違いない。これは慎太郎だ。なんで……？

フォロワーの数を見るとたったの十三人で、慎太郎がフォローしている人数も一緒だった。友達の多い慎太郎のフォロワー数がたったの十三人ということにも驚きだけど、まさかツブヤイターをしていたなんて夢にも思わなかった。鍵アカではないから誰もが見られるページのようだけど、写メや慎太郎の顔がわかるようなものはつぶやきには一切見当たらない。

《だりー。疲れた。今帰ってきた》

《腹減ったー。死ぬー》
《今日はマジ疲れた。倒れそー》
《寝すぎた。やべぇ》
《うーわ、マジかよ。俺、アホだ》
慎太郎のつぶやきは誰かを誹謗中傷《ひぼうちゅうしょう》するでもなく、日常のささいなことばかり。正直、わたしにこれを見せた理由がまったくわからない。でもなんとなく気になって、さかのぼってどんどんつぶやきを見ていく。
「あ」
ひと言ふた言、長くて三言だった慎太郎のつぶやきの中に、文字数がギリギリなんじゃないかと思うほどの長いつぶやきを見つけた。日付はわたしが熱を出して倒れた日だ。
《アイツの力になれないのがすっげー悔しい。あの時だって、あんなことを言うつもりじゃなかったのに。なぁ、ほんとはさ、中二の時の会話、聞いてたんだろ？　だから急に俺に対して態度を変えたんだよな？　そうとしか思えない。あの時の俺は、たぶん一番とんがってた。でも、ほんとはさ……気になってたんだよ。お前のこと。でも今は、後悔でしかない。なんであんなことを言ったんだ、俺は》
なんのことを言ってるんだろう。最初はよくわからなくて、もしかして、という程度だった。でも次のつぶやきを読み進めていくとそれは確信に変わっていった。

《だってさ……、それは、アイツが俺のこと『友達だなんて！　そんなふうに思ったことは、一度もない』って言ってるのを聞いたから。ヘコんだ。傷ついた。落ち込んだ。だから……。アイツに嫌われてるってわかってても、俺は力になりたい》

なに、これ。わたしの名前が出てきたわけじゃないし、違う人に宛てたものなのかもしれない。だけどいろいろと思い当たる節があって、どうしてもだれかほかの人のことだとは思えなかった。そのつぶやきに返信している人のコメントも思わず覗いてしまった。

《小野田宏太《こうた》》

って、あの小野田くん？　小野田くんとは高校はべつだけど、今も付き合いが続いてるんだ？　今は痩《や》せてスマートになり、アイコンにしている写メの中の小野田くんは満面の笑みを浮かべている。イタズラッ子のような笑みは昔から変わっていない。

《なんだよ、シンタローー。らしくねーな。お前に弱気な発言は似合わねーぞ。まぁでも、中二の時って思っきし思春期じゃん。いろいろあるよな、ドンマイ》

《そうだよー、シンタローらしくない。昔のシンタローなら、積極的に動いて即解決！がんばってね、ファイト！》

《ガンバ！》

どの返信も全部慎太郎をはげますようなものばかり。

さらに慎太郎に返信してる人は、ほとんどが小学校の時の友達だった。

もしこれがわたしに宛てたものだとしたら、慎太郎はずっと後悔してたってこと……？

『友達だなんて！　そんなふうに思ったことは、一度もないよ』って、たしかにわたしが女子たちに『慎太郎と仲いいよね？　友達なの？』と聞かれて答えた言葉だ。あの時、慎太郎はそれを聞いていて、ショックを受けたってことか。だから、あんなふうに言ったんだ？

わたしは慎太郎に嫌われているわけじゃなかったの……？

慎太郎はわたしが泣いてるのを見て、力になりたいと言ってくれた。どこまでお人好しで、正義感が強くて、まっすぐなの。わたしのことなんて、放っておいてくれていいのに。優しすぎるよ。

運命の日

ホームボタンを押すと画面が最新のつぶやきまでスクロールされていき、リアルタイムのシンタローのつぶやきが目に入った。

《アイツ、大丈夫かなぁ。熱、下がった？》

どんな顔でこの文字を打っているのかが容易に想像できる。慎太郎の優しさがそこに滲《にじ》み出ていた。

「バカ、だよ。なんで……っ」

だってどう考えても、わたしのことを言ってるとしか思えない。もしかすると、過去の慎太郎もこんなふうに悩んでいたのかな。どうにかして、わたしに声をかけようとしてくれてた？　わたしが知らないだけで、もしかすると……見えてなかったことがたくさんあるのかもしれない。慎太郎に嫌われているわけじゃなかった。その事実に心が震える。でもこのままだと、明日確実に嫌われる。幻滅される。軽蔑される。まだ間に合うのなら、わたしは……慎太郎に嫌われたくない。

——コンコン。

「琉羽、起きてるの？　熱は下がったんでしょ？　今日は学校に行きなさい。このままだと勉強に追いつけなくなるわよ」

朝、お母さんが部屋のドア越しに声をかけてきた。

今日は行かなきゃ。重い身体を引きずってベッドから起き上がり、のそのそと部屋の中を歩く。ゆっくり制服に着替えてから、ダイニングに下りた。

「時間がないわよ。早く食べちゃいなさい」

「はーい」

エプロン姿のお母さんがバタバタと忙《せわ》しなくキッチンとダイニングを行き来している。

今日はめずらしく、ダイニングの椅子にはお父さんとお兄ちゃんが座っていた。いつもふたりはわたしよりも早くに家を出るのに、今日は遅いのかな。

「おはよう」

「おはよ、久しぶりだな」

卵焼きを食べながらお兄ちゃんが笑う。

「そうだね」

同じ家に住んでいるのに『久しぶり』っていうのはおかしいけど、こうして家族全員がそろうのはすごくめずらしい。お父さんは新聞から視線を一瞬だけわたしに移しただけで、言葉はなかった。家族というものに無関心なんだと思う。今まで家族で遊びに行った記憶もほとんどないし、威厳《いげん》があって厳格なお父さんは昔から口数が少なく、ほとんど笑顔を見せない。無表情のせいでどこか睨んでいるようにも見える。

四角い眼鏡の奥の瞳が厳しくわたしを捉《とら》えているような気がして、わたしはお父さんがものすごく苦手だ。なにを考えているのかまったくわからないし、子どもの頃から怖いというイメージしかなかった。

「早く食べろよ、遅刻するぞ」

「わかってるよ、いただきます」

いちいち言われなくてもわかってる。お兄ちゃんに言われると、なんとなくムッとするというか。気に入らない。

黒髪に黒縁眼鏡姿のお兄ちゃんは有名な医学部にトップ合格を果たし、今も学生生活を送っている。ガリ勉だけどオタクっぽくはなく、どちらかというと爽やか系。

中学生の時は女子にモテたらしく、バレンタインや誕生日なんかには家に押しかけてきた女の子もいたほどだ。なにをしても器用なお兄ちゃん。もし今わたしの立場なら、お兄ちゃんはどうしたかな。きっとわたしがしない選択をして、問題解決に導く。わたしみたいに見て見ぬフリなんか絶対にしないよね。そんなところから、もう違う。根本的に違う。わたしはいつから、こんなふうになっちゃったのかな。

家族で囲む朝の食卓には会話は一切なく、ニュース番組のアナウンサーのはつらつとした声だけが聞こえてくる。緊張しながらお箸を口に運ぶけど、食欲はあまりない。今日学校で起こることが気になって仕方なかった。

コトッとお茶碗《ちゃわん》とお箸を置く音がしたかと思うと、向かい側に座るお父さんが立ち上がった。

「もう行くんですか？」

「ああ」

お母さんの問いかけにひと言だけで返すお父さん。夫婦の会話は昔からこんな感じだ。

お母さんはお父さんのどこがよくて結婚したんだろう。わたしだったら、お父さんみたいになにを考えているのかわからない人は絶対に選ばない。それに女は黙って男のあとをついてこいっていうタイプのお父さんと一緒にいても、絶対に楽しくないよね。玄関先までお父さんを見送るのも、お母さんの日課。

「父さん、いってらっしゃい」

「いってらっしゃい……」

お兄ちゃんのあとに聞こえるか聞こえない程度の声でささやいた。聞こえていてもいなくても、正直どっちでもいい。お父さんがわたしに返事をしてくれることはないんだから。

「お前、もうすぐ夏休みだろ？　いいよなぁ、高校生はお気楽でさ」

「べつに、お気楽なわけじゃないよ。わたしにだっていろいろあるんだから」

「なんだよ、いろいろって。期末テストの点数が悪かったとか？」

からかうように笑うお兄ちゃん。いつもいつも、お兄ちゃんはわたしをバカにする。こんなふうに言われるたびに悔しい気持ちがこみあげて、イライラさせられる。お兄ちゃんといると自分のバカさが浮き彫りになって、劣等感《れっとうかん》を抱いてしまう。だから嫌なんだ。

「俺が勉強見てやろうか？」

「ダメよ、なに言ってるの。お兄ちゃんには大切なお勉強があるんだから。琉羽なんかに割く時間はないわ」

お父さんの見送りから戻ってきたお母さんが険しい表情を浮かべている。明らかに不機嫌そうな顔。こうなると長いんだよね。ああ、もう。やだ。お兄ちゃんのせいだ。わたしのことなんて放っておいてほしいのに、よけいなことを言うから。

「ごちそうさま、いってきます」

カバンを持って逃げるように家を出る。朝食はほとんど食べられなかった。食欲もなかったし、ちょうどよかった。自転車を漕いで学校までは十五分ほどの距離で、交通量の多い国道沿いの平坦な道をひたすらまっすぐに行くとたどり着く。時間帯によっては信号に引っかかる率が高くて二十分ぐらいかかる時もある。もうすっかり通い慣れた道。周りには背の高いビルや建物がたくさんあり、飲食店や居酒屋が建ち並んでいる。交差点に差しかかり、十字に道が拓けた。目の前の信号が赤に変わると、わたしはブレーキをかけて自転車を停止させた。見晴らしのいい交差点で歩行者もポツポツいるけど、ここから駅までは徒歩だと時間がかかるので、この辺に住む人はバスか車での送り迎えで駅まで移動する。住むにはいいけど、車がないと不便な立地。だけど地域の治安がよく、安心して子どもを育てられる町ランキング一位に輝いたこともある。しみじみとあたりを見回す。国道沿いにところどころに植えてある木からは、元気な蝉《せみ》の鳴き声が聞こえてきた。わたしはこの交差点で交通事故に遭った。それはこの先絶対に避けられない運命。こうやって自転車に乗りながらこの道を通るのも、あと何回ぐらいなんだろう。やめやめ、そんなことを考えても意味がないよ。頭に浮かんだことを振り払うように再びペダルを漕ぐ。学校まではもうすぐだ。近づいていくたびに気分がどんより沈んでいく。できればこのまま逃げだしてしまいたい。それでもそうできないのが意気地なしのわたしなのだ。学校の駐輪場に着くと、柱にもたれるようにして誰かが立っていた。

それは背の高い男子で、うつむきながらスマホをさわっている。もしかして……。

そう思ったのと同時に、わたしの気配に気づいたその人が顔を上げた。

――キキィ。

ビックリして思わずブレーキをかけてしまった。目の前には、気まずそうな表情を浮かべる慎太郎の姿。

「はよ」

「あ、うん。お、おはよう」

もしかして、わたしを待ってた？　ダメだ、緊張して声が上《うわ》ずる。保健室で泣き顔を見られたことといい、ツブヤイターの書き込みといい、今日起こるはずの出来事といい、うしろめたいことが多すぎる。

「えーっと、あ、あの、その……」

慎太郎は後頭部を手でさわりながら、なにかを言いたそうに言葉を考えている様子。スポーツバッグを斜めがけにして、両手をポケットに入れた格好で立っている慎太郎は、視線をキョロキョロさせて困惑した表情を浮かべている。

「熱、大丈夫か？」

「う、うん」

「そっか、よかった」

心底ホッとしたように口もとをゆるめる慎太郎。

「つーか、お前さぁ、具合が悪い時はもっと早く言えよな。いきなり倒れるし、泣き出すし、ビビッたんだからな」

慎太郎はそう言いながら冗談っぽく笑って、わたしの頭に軽いチョップを落とした。久しぶりに見るその笑顔にドキッとして、さらには慎太郎がふれた頭のてっぺんに全意識が集中する。

「迷惑かけて、ごめん……」

「違うだろ」

「え？」

「そういう時は、『ありがとう』だ」

「あ、ありが、とう」

「よっしゃ、そんでいい。俺、べつに迷惑だなんて思ってないから。それだけは勘違いすんなよ！」

どうして慎太郎はこんなわたしに優しくしてくれるんだろう。そして、その慎太郎の気持ちをうれしいと思っているわたしがいる。

「なんかあったら言えよ？　じゃあな」

慎太郎は再び小さく笑うと、今度はわたしの頭を軽くなでてこの場から走り去った。

うれしくて、つい口もとがほころぶ。胸の奥がキュンとして、じんわりと温かくなった。


「琉羽じゃん。どうしたの？　いつもより早くない？」

教室に着くとすでに優里が来ていた。優里は派手な見た目をしているけど、学校に来るのは意外と早い。まだほとんどクラスメイトがいなくて、教室の中はシーンとしている。

「う、うん。今日は早くに家を出たから」

「ふーん。あ、それよりさぁ、今日の放課後空けといてね。最大のお楽しみイベントがあるから」

優里が弾むような声をあげる。

「え……？」

そう言われて背筋が凍った。できれば違うと思いたいけれど、嫌な予感がぬぐえない。

「お、お楽しみイベントって……？」

「んふふー、まだ内緒。とにかく、絶対に空けといてよね。裏切ったら、許さないから」

これ以上聞くと優里の機嫌をそこねてしまうので、やめておこう。だけど間違いない。

優里のその怪しい含み笑いを見て確信した。

「あ、それと、今日の放課後菜月に化学実験室に来てって声かけてよね。あんた三日も学校休んでたんだから、そんぐらいはしてよね」

やっぱり、菜月のことだ……。意識を失っていた時に見た状況と同じだ。そういえば、過去でもわたしが呼びだしたんだ。それであんなことになった。優里の言うことは絶対に断れない。ここで逃げたら、どういうことになるかは十分承知だ。ああ、また、胃がギリギリしてきた。

「引きずってでも連れてきてよね。わかった？」

「……う、ん」

わたしはまた同じ過ちを繰り返すの？

菜月にまた、あんな顔をさせるの？

慎太郎に軽蔑の眼差しで見られるの？

『なんかあったら言えよ』

そう言ってくれた慎太郎を裏切ることになるんだよ？　いつの間にか、拳《こぶし》をきつくギュッと握っていた。

そのあとすぐに美鈴もやってきて、早速、優里ときゃあきゃあはしゃいでいる。どうしよう、どうすればいいの。授業そっちのけで考えを巡らせる。だけど答えは出ないまま、気づくと午後最後の授業が終わろうとしていた。まだ菜月に声をかけることができていない。もう時間がない。だからよけいに焦《あせ》る。だけどいったい、わたしはなにに焦っているというの？

言う通りにしないと優里の機嫌をそこねるから？

菜月みたいな目に遭いたくないから？

言われたことを遂行《すいこう》することで、気楽になりたいから？

結局全部、自分の保身だ。自分の身を守るために優里と美鈴の顔色をうかがって、仲のいいフリをしてきた。だけど、そうすることにいったいなんの意味があるんだろう。わたしはいったい、なにを守ろうとしてきたんだろう。どうしたかったんだろう。それがわからなくなってしまった。

いっそのこと、このまま声をかけずにいようか。怒り狂う優里と、それを助長するようにわたしを責める美鈴の姿が目に浮かぶ。だけどそれもいいかもしれない。いろいろ考えることにも疲れたし、これ以上そんなことで悩みたくない。ふたりの機嫌をうかがいながら過ごす毎日に、ピリオドを打つのもいいかもしれない。そう考えたら胸の中にくすぶっていたたくさんのモヤモヤが、少しだけ軽くなったような気がした。

――ガラッ。

分厚くて黒いカーテンが引かれている化学実験室内は、過去と同じように薄暗くて不気味な雰囲気が漂っていた。目を凝らして人の気配を探るけど誰もいないようだ。

これからどうなるのかなっていう不安はもちろんある。それに緊張だってしてる。今まで流されながら生きてきたわたしが、大勝負に出ようとしてるんだもん。

「琉羽のやつ、教室にいなかったけどちゃんと菜月を呼びだしたのかな？　あたしが言った時、嫌そうな顔してたけど、人形はただ黙って言うこと聞いてりゃいいのにね」

廊下のほうから優里の声が聞こえた。

「ぷっ、あはは。人形って！　ウケる！　でも、その通りだよね。琉羽って、『うん』しか言わないもん。自分の意見がないっていうか、うちらに合わせて愛想笑い浮かべてるだけだし。つまんないよね」

「美鈴のそれ、言えてるー！」

廊下に響き渡る声に、背筋がピンと伸びる。胸の奥にグサッとナイフが突き刺さったかのような感覚がした。

『人形』って、そんなふうに思われてたんだ？　でも、仕方ないじゃん。そうすればうまくいくと思ったんだもん。波風立てたくなかったんだもん。穏やかに過ごしたかったんだもん。でも、それじゃダメだってわかった。ふたりが実験室に入ってきた。

「っていうか、誰もいないんだけど」

「ほんとだ、薄気味悪いね」

薄暗い中、キョロキョロするふたり。わたしに気づくと、大きく目を見開いた。

「っていうか、人形がいるんですけど」

「ほんとだ」

「あんた、ちゃんと菜月を呼びだしたんでしょうね？」

優里が近づいてきて鋭い目でわたしを睨んだ。実験室の黒板の真ん前で身構えるわたし。足がガクガクブルブル震えているけど、なんとか乗り切れますように。祈るような気持ちで大きく息を吸い込む。

優里と美鈴は腕組みしながら仁王《におう》立ちになって、まるで敵でも見るかのような目つきでわたしを睨んでいる。

「菜月は来ないよ」

声が震えてしまった。喉がカラカラに渇いて、緊張感がハンパない。

「はぁ？　来ないって、なに言ってんの？　意味わかんないんですけど。呼びださなかったの？」

「ありえないんだけどっ！」

「今すぐ連れてこいよ」

「無理、だよ。わたし、そんなことしたくない」

ふたりの機嫌をそこねないように生きたいんじゃない。わたしは……わたしは、人を傷つけるような……そんな自分に成り下がるのは嫌だって気づいたの。ずっとモヤモヤしていた。苦しかった。後悔していた。それは全部、人を傷つけた自分自身のことを自分で認めたくなかったからだ。わたしは慎太郎のように優しい人間になりたい。強くなりたい。今してる行動が正しいのかはわからないけど、まだ間に合うのなら過去とは違う今にしてみせる。

「わたし、今までふたりの顔色ばっかり気にしてきたけど、それじゃダメだってわかった。やっていいことと悪いことは、わたしの意思で決める。だから、こんなことはもうやめて」

聞き入れてもらえるほうが奇跡なんだと思う。優里とは、考え方が根本的に違うということに気づいた。美鈴はどうかわからないけど、優里はただ、楽しむためにやっている。

誰かを攻撃することで憂《う》さ晴らしをしているんだ。

「マジうっざ。なにさまなのっ⁉」

「ただ思ったことを言ってるだけだよ。こんなことは、もう終わりにしたい」

「前から思ってたんだけど、琉羽って自分は無関係ですっていう顔しながら、高みの見物してたよね。今までなんにも言わなかったのに、今さら正義感振りかざしてなに言ってんの。似合わないんだけど」

「そうだよ、すました顔して、全部見透かしたような目で、あたしたちのことをバカにしてたでしょ。バレバレだっつーの」

「ち、違う……そんなつもりじゃ」

やっぱりわかってもらえないよね。

「まぁどうでもいいけどさ、菜月が来ないならターゲットは琉羽だね。美鈴、これ」

優里がスカートのポケットから茶色の小瓶を取りだす。美鈴はニヤニヤしながら「なになに？」と楽しげだ。

「硝酸だよ」

「え？　硝酸？」

美鈴の表情がこわばった。

「こ、これ、どうすんの？」

「さぁ、どうしたい？　美鈴がしたいようにしていいよ」

「え……」

「美鈴なら、これであたしを楽しませてくれるよね？」

「あ……う、うん。もちろんだよっ」

そう言った美鈴の表情が曇っていく。

「じゃあ、はい」

美鈴は震える手で小瓶を受け取り、そして過去のわたしと同じように手の中のそれをゴクリと喉を鳴らしながらマジマジと見つめている。今まで優里に合わせてきた美鈴も、さすがにこれにはビビッているようだ。

「こ、これ、かけたら皮膚が溶けるやつだよね？」

美鈴の頬がヒクヒクと引きつる。目を見開いて瞬きひとつしない。

「んー、溶けるっていうか、火傷するみたいな？　って、あはっ。美鈴、手が震えてんじゃん。ウケるー！　もしかして、ビビッてんの？」

怯える美鈴を見て笑っている優里には、人としての感情がないのかもしれない。

「美鈴、あたしたち友達でしょ？　やってくれるよね？」

「あ……うっ、えと」

パクパクと声にならない声をだす美鈴。美鈴の顔にはおびただしい量の汗が浮かんでいる。

「さっき、そう言ったよね？　友達だもんね？」

優里は怖《お》じ気《け》づく美鈴をギロリと睨んだ。美鈴はうつむいたまま、身体をこわばらせている。今の美鈴は過去のわたしだ。わたしもふたりの前でこんなふうに怯えていたのか。今だからこそ、冷静に周りを見ることができる。握り拳がワナワナと震えた。

「そんなの、友達って言わないよ」

「はぁ？」

「友達っていうのは、嫌なことを強要したり、自分の思い通りに動かすもんじゃない。困った時に助けたり助けられたりしながら、時には一緒に笑ったり泣いたりして、同じ時間を楽しく過ごす存在のはずでしょ？　今の優里は嫌がる相手に無理やり押しつけてるだけで、それは単なる嫌がらせでしかないよ。そんなの友達って言わないと思う」

自分でもビックリするほど、すんなりと言葉が出た。優里の目をまっすぐに見つめる。

「友達のいない人形がえらそうに理想論《りそうろん》語ってんじゃねーよ。あんたになにがわかるわけ？　えらそうなことが言えるほど、友達が多いってこと？　ありえないよね、人形のくせに」

眉を吊り上げてイライラしたような口調。どうやら完全に怒らせてしまったらしい。攻撃的な目を向けられて、思わず怯みそうになる。だけどここで逃げちゃいけない。

「多く、ないよ。それに、えらそうなことを言える立場でもない。わたしも過去に人を傷つけたことがある……その時、心がはりさけそうなくらい苦しかった。なんてことをしたんだろうって、あとになってすごく後悔したんだ。少なくともそんな関係は友達でもなんでもなくて、ただ一方的にわたしが傷つけただけ……」

そこには友情なんてものはひとかけらもない。

「だから、取り返しがつかなくなる前にやめよう？」

「あたしの場合は、相手があたしの思い通りに行動してくれることが友情の証《あかし》なの。たとえ大多数が違うって言っても、あたしの場合はそうなの。あんたの理想を押しつけられて、すっごいムカつくんですけど。っていうか、美鈴はもちろんあたし寄りの考えだよね？」

「え……？」

「友達は利用するものだって思ってるよね？　現に美鈴も、さんざんあたしの地位を利用してきたんだしさ」

「ゆ、り……？　なに、言ってんの、利用なんて……。あたしは優里のこと、友達だって……」

「あはは、なにショック受けてんの。美鈴はあたしのおかげでクラスの上位にいられるんだよ？　それをわかっててあたしと仲良くしてるんでしょ？　バレバレだっつーの」

「ち、違っ……」

「なに焦ってんの？　べつにそれがダメだなんて言ってないよ？　利用してこそ、友達の価値があるんだしさ。それなら、思いっきり利用すればいいよ、あたしのこと。その代わり、あたしもあんたを利用する。あたしに近づいてくるヤツは、みーんなそんな人ばっかだし。それが友情でしょ？」

優里にはいくら言っても通じない。友達は利用するものだなんて……。

「だから、さっさとそれ、どうにかしてよ。グズグズしてると、あたしもう帰るからね」

美鈴の持つ瓶を顎《あご》で指す優里。冷たいその瞳には悪意しか感じない。

「……ま、待って。わかった、わかったから」

美鈴は手にした瓶のフタに手をかける。ど、どうしよう。これは、ちょっと……いや、かなりまずいかも。話しあいでどうにかなる相手じゃないことはわかっていたけど、どうにかなってほしかった。過去では瓶の中身はただの水だったけど、実際にどうなのかはわからない。もし中身が本物の硝酸だったら……ただのケガではすまないかもしれない。そう考えると恐怖でしかない。逃げるなら、今だ。今しかない。だけど思った以上に足に力が入らなくて、この場から動くことができない。逃げなきゃ、いけないのに。

「ゆ、優里のためなら……なんでもするよ」

「あはは、美鈴ってば頼もしーい！　やっぱりあたしの友達は美鈴だけだよ」

優里がニヤリとほくそ笑む。それを見た美鈴が覚悟を決めたように瓶を握り、わたしに向けた。

「や、やめて……っ」

「う、うるさい。これは……優里のためなの」

「な、なんで、こんなこと」

美鈴は震える手で、わたし目がけて瓶を振りかざす。ギュッと目を閉じて頭を抱えた。

今になってようやく菜月の気持ちがわかったよ。こんなのって……あんまりだ。

「やめろっっっ！」

実験室内に響き渡る大きな怒声と一緒に、誰かが走ってきた。そしてわたしの身体におおいかぶさるように前に立つと、その人はわたしの身体をキツく抱きしめる。バシャッと水をかぶったような音が聞こえた。耳もとで「うっ」という小さなうめき声がして、全身がガタガタと震えだす。ウソ、でしょ。まさか、なんで。

「い、井川、くん？　なんで……っ」

優里のビックリしたような声が遠くで聞こえた。

「あ……あ……っ」

動揺しているらしい美鈴の声も聞こえる。空の瓶が床に落ちる鈍い音が響いた。

「大丈夫か？　琉羽」

「な、んで……」

わたしをかばったりするの。こんなに危険なマネをするの。

「わたしなんて、かばう必要ないのに……なんでっ」

「仕方ないだろ、身体が勝手に動いたんだから。俺は、お前が無事ならそれでいい」

慎太郎は身体を離すと、わたしの目を見て優しく微笑む。背中に硝酸を浴びたはずなのに何事もないようにケロッとしている。わたしは気が気じゃなくて、ただ青ざめることしかできない。

慎太郎は優里と美鈴に向き直った。

「あ、あたしは関係ないからね？　っていうか、美鈴が勝手にやったことだし」

「え……ゆ、り？　なに、言って……」

友達は利用するもの。さっき優里はそう言っていた。だから、美鈴は今利用されている。過去にわたしがされたのと同じように。

「俺、一部始終見てたし、言い訳は通用しねーから。わかってんのか？　お前がやったことは犯罪だぞ」

慎太郎はまっすぐに優里を睨みつける。

「は、なに言ってんの。っていうか、それ中身はただの水だから。それに実行したのはあたしじゃないし。ちょっと驚かせてやろうと思っただけじゃん。なにマジになってんの？　バカみたい」

「やっていいことと悪いことがあるだろ？　お前のやったことは『ちょっと驚かせてやろうと思っただけ』ではすまされねーんだよ！」

慎太郎のこんなに怒った顔を見るのは初めてかもしれない。不機嫌なオーラをまといながら、迫力のある声色で優里に詰め寄る。

「だから中身はただの水だって言ってるじゃん。結果、誰にもケガさせてないし傷つけてもいない。なにをそんなに怒ってんの？　ウケるんですけど」

優里は慎太郎の迫力に怯むことなく、悪びれる様子もない。それどころか、笑っている。

「本気でそう言ってんなら、マジでありえねーわ」

「あーもう。うっざ。あんたに説教される覚えはないんだよ！　興醒めしたからもう帰る。美鈴、行くよ」

プイと背を向けて立ち去る優里。美鈴はいまだに怯えたように全身を震わせている。

「美鈴！　聞いてんの？」

「あ……う、うんっ」

バツが悪そうにうつむいて、美鈴はゆっくりわたしたちの前を歩いていく。

「お前もさぁ」

慎太郎の低い声にビクッと肩を震わせて、美鈴は足を止めた。

「アイツのダチだって言うなら、間違ったことをしようとしてるアイツを止めるべきだったんじゃねーの？　少なくとも俺は、それが真の友情だと思ってる。ま、お前が友情をどう捉えてるかは知らないけどな」

「……っ」

美鈴は言葉を詰まらせ、さらに小さくなってしまった。わずかに見える横顔は青ざめている。まっすぐな慎太郎の言葉は、わたしの胸にも深く突き刺さった。

「美鈴！　行くよ！」

「う……うんっ」

そう言って美鈴は一度もわたしたちを見ることなく駆け足で去っていった。薄暗い中取り残されたわたしたち。

「し、慎太郎！　背中、大丈夫？　ほんとにただの水だったの？」

「ああ、なんともねーよ。それよりお前、こんな危ないことして、なにかあったらどうすんだよ？」

口をへの字に曲げて不機嫌な慎太郎は、なぜか怒っている。

「慎太郎こそ、あれが本物の硝酸だったらって考えなかったの？　それなのにいきなり飛びだしてきて、どれだけバカなのよ！」

わたしのせいで慎太郎になにかあったらって考えただけでゾッとする。

「俺は男だからべつに本物だっていいんだよ。そばで見てんのに、琉羽を守れないほうがよっぽど悔しい」

「な……っ」

なに、言ってんの。バカだよ、慎太郎は。どこまで優しいの。まっすぐなの。慎太郎のその純粋さが時々まぶしかった。まぶしくて、思わず目をそらしてしまいたくなる。一緒にいると自分のずるさばかりが気になって、苦しくなるから。わたしはダメなヤツなんだって、嫌でも思い知らされる。まっ白じゃないわたしが慎太郎の隣に並ぶのは、とてもいけないことをしているみたいに思えて気が引ける。

「琉羽は昔から変わんねーな」

さっきまで怒っていたかと思えば、今度はクシャッと表情をゆるめる慎太郎。変わらないその笑顔がまぶしすぎて、クラクラする。慎太郎の中のわたしは、いったいどんななんだろう。変わらないって、なにを根拠に言ってるの。

「そんなこと、ない」

わたしは変わった。変わったんだよ。

「六月の終わり頃から『ただ話してても面白くないから』っていう理由だけで、四人組のひとりを……菜月のことをシカトするようになった……っ。わたしは、ただ優里や美鈴に合わせて一緒に菜月をシカトしてた」

「菜月って、近藤のこと……?」

目を見開く慎太郎に小さくうなずいて返事をする。こんなに汚くて醜い自分を晒《さら》したくはない。でも、慎太郎の中にあるわたしのイメージを取っぱらってやりたかった。

わたしは慎太郎のように綺麗な人間じゃない。純粋でもない。ずるくて醜くて黒くて、そんなわたしが慎太郎の隣にいていいはずがないんだよ。

「わたしは、菜月みたいな目に遭うのが嫌だった。自分に火の粉が降りかからないように、優里や美鈴に合わせて楽しくもないのに笑ってたんだよ。菜月がシカトされたり嫌がらせされてるのを見て、自分じゃなくてよかったって、ホッとしてた。だから……わたしは最低なんだよ。昔と同じじゃないの。変わったの」

「琉羽は今の自分を客観的に見てどう思ってるんだよ？」

「どうって、最低でしかないよ、こんな自分。わたし、なにやってるんだろうって……そんなことばっかり考えてる」

ずるくて汚くて、弱くて情けない。そんな自分が嫌で仕方ない。菜月のことを見ないフリして逃げてた自分にも腹が立つ。今になってようやくそう思えた。

「自分のしたことを客観的に見て、ちゃんと反省できてんじゃん」

「え？」

「後悔してるんだろ？　顔にそう書いてある」

「……っ」

胸にくすぶるこの気持ちは、後悔、なのだろうか。ただ自分の身を守ることに必死で考えたこともなかった。

「少なくとも、今日のお前は今までのお前とは違う。身体を張って、近藤を守った。だからやっぱり、俺の中のお前は変わってないよ」

そう言って笑った慎太郎。その笑顔がわたしの中のモヤモヤを吹き飛ばしていく。わたしが起こした行動が正しかったのかはわからない。でも、これだけは言える。よかったって。

「慎太郎って、どこまでもお人好しというか……どうして、そこまでわたしのこと」

「昔っから、なんとなく放っておけねーんだよ。それより、アイツら、これであきらめたわけじゃなさそうだし、またなんかあったら絶対に俺に言えよ？」

明日からのことを考えたらものすごく不安だ。でも不思議なことにそこまで焦ってはいないの。むしろ、なるようになれっていう感じ。

「ありがとう」

わたし、強くなってみせる。慎太郎を守れるくらいに。

今日からはじめよう

次の日、自転車で学校へと向かう。これまで憂うつで仕方なかったのに、不思議なことに心が軽くて、ペダルを漕ぐ足が軽やか。

夏の朝、見慣れた風景の中を勢いよく自転車で駆け抜けた。あっという間に学校に着き、駐輪場へ自転車を停める。そして歩きだすと、いきなり気分がどんよりしてきた。大丈夫、大丈夫だから、がんばれ、わたし。自分にそう言い聞かせて教室へと向かう。教室の前にたどり着いた時「あはははははっ」という優里の甲高い笑い声が聞こえてきた。ドッドッドッドッと、心臓がありえないほど速く動いている。手にじとりと汗をかき、足が前に進まない。ここまで来たのに、わたしはまた肝心なところでダメなの……？　逃げるの？そんなの、嫌だよ。意を決して教室に足を踏み入れた。その瞬間、今まで騒がしかった教室の空気がピタッとやんで静まり返る。今までとは違った異様な空気が漂い、あちこちから痛いくらいの視線が飛んでくる。それは、心の奥深いところにグサグサと突き刺さった。

「ね、来たよ」

「よく来れるよねー？」

「優里ちゃんがかわいそう」

「ありえないよ」

ヒソヒソと話す女子たちの声が、まるで凶器のように襲ってくる。わたしのことを言ってるのは一目瞭然だ。きっと優里があることないこと自分に都合のいいように言い回ったに違いない。大群を味方につけて利用する。それが優里のやり方。わたしは、そんな優里には負けたくない。なんでもないフリを決め込んで、静かに自分の席に着いた。前の席に座る菜月は存在感を消して小説を読んでいる。まず最初にやるべきこと。わたしが一番にやらなきゃいけないことをやる。それだけだ。

立ち上がり、わたしは菜月の前に移動した。わたしの気配に気づいた菜月が顔を上げて、いぶかしげな目で見てくる。

「菜月……今までごめんっ！」

身体をくの字に折り曲げて頭を下げる。握りしめた拳が震えているような気がするけど、そんなの今はどうだっていい。許してもらえるなんて思ってない。許してほしいなんて言わない。わたしはただ、菜月に謝りたかった。罪悪感を抱えて過ごすのは、もううんざりだ。いいかげん、解放されたい。それにね……わたしは菜月にしてきたことを、後悔してるって気づいた。恐る恐る菜月の様子をうかがうと、菜月は目を見開きながら固まっていた。輝きを失った菜月の瞳。目が合うと戸惑うようにその瞳が揺れた。きっと困らせてしまっている。

「わたし、自分のことしか考えてなかった。ほんとにごめんね……とりあえず謝りたくて。いきなり話しかけてごめん」

それだけ言って自分の席へと戻った。優里や周りの女子たちがヒソヒソ言っているけど気にしない。惑わされちゃダメ。いちいち傷ついちゃダメ。これはわたしが出した答えであり、選んだ道なんだから。教室内の変な空気のせいで、男子たちまでもがなにかを察している。面倒なことに関わりたくないのか、なにも言ってはこないけれど。菜月は、とまどっているような表情をしたまま、なにも言わなかった。

授業がはじまると、いつもと変わらない日常が戻ってきた。授業中だけは、誰にも気を遣うことなくただ息を潜めていられる。そもそも学校には勉強をしにきているはずなのに、どうしてみんなそれ以外のことに躍起《やっき》になるんだろう。休み時間のたびに教室を出てひとりになれる場所を探した。ちょうどお昼休みに入ると、お弁当が入ったランチバッグを持って廊下へと出る。今までずっと教室で食べていたけど、これからはそうもいかない。どこで食べようかな。どこかいい場所はあるかな。校舎の中をウロウロする。どこもかしこも人がいっぱいで、落ち着ける場所はなさそうだ。

「琉羽……！」

うしろから控えめに名前を呼ばれた。振り返るとそこには、お弁当の包みを胸に抱えて走ってくる菜月の姿。

「な、つき……」

菜月はわたしの目の前まで来ると足を止めた。はぁはぁと肩で小さく呼吸しながら、まっすぐにわたしを見つめる。

「琉羽のことを許したわけじゃないよ……。でも、謝ってくれてありがとう」

「え……」

「琉羽は黙って見てただけだけど、あたし、すごく傷ついた。ショックだった」

「う、ん……わかってる。本当にごめんね……っ」

言い訳とか弁解は思いつかない。菜月にはなんの非もないんだから、わたしはただ謝ることしかできない。心の底から後悔の念が押し寄せてくる。どうしてもっと早くこうしなかったんだろう。取り返しがつかなくなってからじゃ遅いのに。

「謝らないで。もしあたしが琉羽の立場だったら、同じことをしてたと思うから。あたしね、中学の時もイジメられてたんだ。根暗とか、キモいとか、ダサいって言われて」

「えっ……」

菜月がイジメられてた？　そ、そんな。

「だから高校では、新しく生まれ変わろうって。見た目を変えて、オシャレにも気を遣うようになった。勉強も精いっぱいやって、必死でいい子のフリして、みんなに合わせて笑ってた。もう二度と傷つきたくなかったから」

菜月は笑っているけれど、その顔は今にも泣きだしそうだった。きっとツラかったんだろう。生まれ変わろうと必死に努力してきたんだよね。

「だけど外見を変えても、ダメだったみたい。結局あたしは、どこにいても変われないんだって思った。でも今日、琉羽が謝ってくれてうれしかった」

「な、菜月……ごめ、ごめんっ」

知らなかった。菜月にツラい過去があったなんて。

「本音を言うとね、許せない気持ちのほうが強い……でもあたしは、どんなことも前向きに捉えたいんだ。恨んでばかりじゃ疲れるし、なんの得にもならないんだもん。許すことが強さだって学んだの。だからあたしは、琉羽を許すよ」

「ごめん……なさい。これ以外に、言葉が見つからない。わたしは、菜月になんてことを……」

いくら許すって言われても、それじゃあわたしの気がすまない。いっそのこと、怒ってののしってくれるほうがよかった。そしたら少しはわたしの気も楽になったのに。って、またわたしは自分のことばっかりだ。いいかげん嫌になるよ。

「いいんだよ。あたしには琉羽の気持ちもわかるんだから」

そう言って優しく笑ってくれた菜月の目に涙が浮かんでいる。なんて心の綺麗な子なんだろう。許すことが強さだと言って笑っている。もしわたしが菜月の立場だったら、きっとそんなふうには言えないと思う。卑屈《ひくつ》になって、全部を周りのせいにして嘆いていたに違いない。わたしは大きく息を吸い込んだ。もう二度と菜月を傷つけたくない。もう遅いのかもしれないけど、まだ間に合うのなら……。

「わたし、わたしね……。本当は小説が大好きなの。とくに恋愛もの。キュンキュンするような溺愛ものとか、幼なじみとか、学園の王子様系とか。バカだって笑うかもしれないけど、いつか本物の王子様が迎えに来てくれるって今でも信じてる。でも、そんなことみんなの前で言ったらバカにされるし、今まで誰にも言ったことない」

「え？　え？」

突然なにを言いだすんだと混乱しているであろう菜月。わたしだって、自分がなにを言いたいのかわからない。だけどね。

「これから……これからじゃダメかな？　菜月の好きな小説のこととか、もちろんそれ以外のことでもなんでもいいから、もっともっと菜月のことが知りたい。教えてほしいの」

本当は菜月と出会った時から思ってた。もっと話したいって。でも優里たちの目を気にして、思ってることが言えなくて、本音を隠して過ごしてきた。そんなわたしに本当の友達なんかできるはずがなかったんだ。

「わたしたち、これから友達になれないかな……？」

なにを今さらって思われるかもしれない。都合のいいこと言わないでって言われるかもしれない。でも、それでもいい。言わなきゃ伝わらないってわかったから。菜月は唇を噛《か》みしめながらうつむいた。細い身体が小さく震えている。

「ご、ごめんね……変なこと言って。菜月はわたしなんかと友達になりたくないよね」

よく考えたらわかるはずなのに、またわたしは自分のことしか考えられなかった。最低だ。泣かせてしまうほどに、菜月のことを傷つけてしまっているなんて。

「いいよ……」

「え……？」

顔を上げた菜月の目は赤かった。だけどわたしの思いとは裏腹に、満面の笑みを浮かべている。

「あたしも……琉羽と友達になりたい。もっと……琉羽のことも知りたいし、あたしのことも……知って、ほしい」

指で涙をぬぐいながら、たどたどしく想いを伝えてくれる。

「い、いの？」

だってわたしは菜月を傷つけたんだよ？

「もちろんだよ。あたしもね、琉羽とはもっと話してみたいって思ってたんだ」

「な、菜月……っ」

こんなわたしを受け入れてくれてありがとう。許してくれてありがとう。笑ってくれてありがとう。

目頭が熱くなって視界が滲む。

「な、泣かないでよ琉羽ったら」

「な、泣いて、ないっ」

ズッと鼻をすすって、瞬きを繰り返す。根性で涙を引っ込めると、菜月にクスクス笑われた。かわいい笑顔は変わってなくて、わたしまでつられて笑ってしまう。もしかするとわたしは、こんなふうに菜月と笑いあいたかったのかもしれない。だって今、心がすごく弾んでるんだもん。

「よう」

するとちょうどそこに慎太郎とその友達が通りかかった。慎太郎とは昨日ぶりだから、なんとなく緊張する。

「お前ら、仲良くなったのか?」

慎太郎はわたしと菜月の顔を交互に見てニッコリ笑う。

「うん、慎太郎のおかげだよ。ありがとう」

「いやいや、俺はなんもしてねーよ。つーか、琉羽はなんでまた泣いてんだ?」

両手をズボンのポケットにつっこみながら、からかうようにわたしの顔を覗き込む慎太郎。あまりの距離の近さに、思わずドキッとしてしまった。慎太郎の顔がぐっと近づき、さらにドキドキが激しくなる。

「だ、だから、泣いてないってば！」

「ははっ、そんなムキになんなくても。あ、俺ら今から学食行くんだけどさ、お前らも弁当持って一緒にどう？」

「え、いや、でも」

菜月はどうだろう。それに慎太郎だって友達といるじゃん。

「いいよな？ 浩介《こうすけ》」

わたしの気持ちを察したのか慎太郎が同意を求める。

「もちろん」

浩介と呼ばれた男子は、ニッコリ笑ってそう言った。明らかに染めているとわかる茶髪のゆるふわパーマ。腕にはミサンガをつけている。真面目な慎太郎とは正反対で派手な外見。そのうえ、目鼻立ちの整ったイケメンだ。

「あ、えっと。菜月はどうする？」

お弁当箱を抱えているということは、菜月はどこかで食べるつもりだったのかな。いつもお昼休みになると教室を出ていってたけど、もしかするとわたしみたいに行く宛に困ったこともあったのかもしれない。菜月の立場になってみて初めて気持ちがわかった。ひとりは心細くて不安で寂しい。

「せっかくだし、なっちゃんも一緒に行こうよ」

浩介くんがニコッとしながら菜月に言う。物腰がやわらかくて優しい口調。でも距離が近くて、どことなくチャラい印象を受ける。なんというか、胡散臭《うさんくさ》い。いや、慎太郎の友達だし、いい人ではあるんだろうけれど。さり気なく下から顔を覗き込んで笑っているところなんか、女子に慣れてるように見えて仕方ない。

「琉羽が行くなら、行こうかな」

菜月は浩介くんから距離を取るように後ずさる。そして、わたしの顔をチラッと見た。

「うん、いいよ」

「よっしゃ、じゃあ決まりな。行こう、今すぐ行こう」

浩介くんが菜月の手をつかんで強引に引っぱった。

「き、北沢くん！　は、離して」

「それは無理なお願いだな。っていうか、焦ってるなっちゃんも超かわいいね」

あれよあれよという間に遠くなっていくふたりの姿。

「な、なにあれ……っていうか、大丈夫なの？」

あの人。

「浩介のヤツ、近藤のことしか見えてないんだよ。俺ら三人、中学の時に塾が一緒でさ。中二の時から、浩介はあんな感じ」

慎太郎はのんきに苦笑い。どうやら強引な浩介くんの姿は見慣れているらしい。中二の時からって、そんなに前から慎太郎と菜月は知り合いだったんだ。知らなかった。

なぜなのかはわからないけど、なんとなくショックだ。

「まぁチャラそうに見えるけど、中身は案外しっかりしてるし、いざって時には頼りになるヤツだから。心配すんなって。それより、近藤と仲直りできてよかったな」

「あり、がとう」

もう一度、菜月と向きあおうと思えたのは慎太郎のおかげだよ。いろいろがんばろうって思えたのも、菜月に謝りたいって思ったのも、慎太郎の隣に並んでも恥ずかしくないわたしでいたかったから。

「あの日、わたしのカバンにメモを入れたのは慎太郎だよね？　シンタローのツブヤイター見たよ」

「あ、マジ？　見たんだ？」

慎太郎はかなりビックリしたように目を見開いた。自分から存在を知らせてきたのに、わたしが見たことに目を白黒させて驚きを隠せない様子。

「そりゃ、見るでしょ。あんなメモが入ってたら気になるもん」

「はは、だよなぁ」

見てもよかったんだよね？　そんなふうに言われると不安になる。見たとしても、黙っておくべきだった？

「恥ずいことばっかつぶやいた気がするから、どう反応したらいいかわかんねー……」

「えっ？　わたしはうれしかったけど？」

「は？」

慎太郎はさらに大きく目を見開いた。

「わたし、慎太郎に嫌われてるんだって……ずっと、そう思ってた。だから、あのつぶやき見てビックリしたんだよね」

「あー……まぁ、あれは」

「慎太郎もわたしの会話を聞いてたんだよね？　『友達だなんて！　そんなふうに思ったことは、一度もないよ』って言ったのは、わたしなんかがキラキラまぶしい慎太郎の隣にいちゃいけないと思ってたからだよ。わたしなんかが、慎太郎の友達だなんておこがましいにもほどがあるって。だって慎太郎は、わたしにとって雲の上の存在だったから」

「ぷっ、ははは

っ！」

慎太郎は突然お腹を抱えて笑いだした。

「なんだよ、雲の上の存在って。ひーっ、腹いてぇ。俺、神様かなにかなわけ？　はは、俺が？　ありえねーって」

目に涙まで浮かべて、ケラケラ笑っている。

「そんなに笑うことないでしょ。失礼だなっ」

「わりーわりー、琉羽があまりにもおかしなこと言うからさ」

「もう、なんなのよ」

慎太郎の腕に軽くグーパンチをお見舞いする。思ったことを言っただけじゃん。だって慎太郎はどんな時にもまっすぐで、どんなことにも前向きで明るくて。そんな慎太郎のことを尊敬してた。

「嫌われてると思ってたのは、俺のほうだっつーの」

もう慎太郎は笑ってはいなくて、今度は唇をムッととがらせている。その横顔は子どもみたいで、なんだかかわいい。

「けどさぁ、琉羽は自分のこと下に見すぎ。『わたしなんて』とか『わたしなんかが』とかって思う必要ないから。俺だって、普通の人間なんだからな？」

「そ、それは……だって」

つまり、わたしは、自分に自信がないんだ。相手の顔色ばかりが気になって、こう言ったらどう思われるかなとか、印象悪くしちゃうかなとか、嫌われないかなとか。自分が不利にならないかを頭の中でごちゃごちゃ考えて、結局なにも言えなくなる。自分の発言に自信なんてないし、昔から自分に自信をもてたこともほとんどない。自分を卑下《ひげ》してしまうのは、わたしがわたし自身を嫌いだからだ。

「慎太郎はわたしにとって、ヒーローみたいな存在だったから。ほら、昔からなにかと助けてくれたでしょ？」

「ヒーローね……琉羽は俺のことを美化しすぎ」

「そんなことないよ。実際に慎太郎は強いじゃん」

「ぷっ、俺が？　全然そんなことねーし」

そう言って笑う慎太郎の笑顔に影が落ちたように見えた。それにどことなく元気がなくなってしまったような気もする。さっきまでの様子と全然違う。いったい、どうしちゃったんだろう。

「中二の時は、悪かったな。俺、お前が聞いてるって知らなくてひどいことを言ったと思う。怒って当然だよ」

「ううん。それはわたしも同じだよ。まぎらわしいこと言ってごめんね」

「いや、俺のほうがごめんっ」

「いやいや、だからわたしが」

「いやいやいや、俺のほうが」

今まで胸の中にあったわだかまりが溶けてなくなっていく。わたしの世界から色が消えたあの日、もう二度と慎太郎とこんなふうに話せる日はこないと思っていた。それなのに和解できる日がくるなんて幻を見ているみたい。ガラガラと音を立てて崩れたはずの世界に鮮やかな色が戻ってくる。まぶしくて、明るくて、そして頼もしくて、温かい。わたしにとって、慎太郎はとても大切な存在だったんだと改めて思わされた。世界が色づくのはこんなにも簡単なことだったのに、過去のわたしは怯えて逃げることしかできなかった。一歩踏みだす勇気がなかったの。

「琉羽、なにしてんのー！　早くー！」

「ごめーん、すぐ行くー！」

今までの距離がウソみたいに、弾ける笑顔でわたしを手招きする菜月。

その隣では浩介くんが慎太郎を呼んでいる。そんな菜月のもとに駆け寄り、わたしたち四人は学食へと向かった。

「なっちゃんはどれにするー？　俺、なんでもおごっちゃうよー！」

「あたし、お弁当があるから。行こ、琉羽」

「えー、どこ行くの？　なっちゃん」

「空いてる席を確保しに行かなきゃ。この時間は激混みだからね」

学食の券売機には長蛇の列ができていて、これから混みあってくる時間帯だ。空いてる席がだんだんと少なくなってきているので、わたしと菜月で席の確保に向かった。

「わー、窓際しか空いてないね」

窓際の日当たりがいい席は冬はポカポカして気持ちよさそうだけど、暑い夏には誰もが避けたくなるような席だ。今日みたいな暑い日はとくに。学食の中は冷房が効いているとはいえ、これだけ人口密度が高かったら一瞬で冷気も逃げてしまう。現にすでに少し汗ばんできた。ほかに空いてる場所がなかったので、とりあえずは窓際の席に落ち着く。そこで菜月が大きくため息を吐いた。

「どうしたの？」

「あ、えっと。北沢くんのことだよ」

困ったように苦笑する菜月のポニーテールがサラリと肩から流れ落ちる。女の子らしくて美人な菜月が言い寄られるのもわかる。

「ここだけの話、何度も告白されてるの。そのたびに断ってるんだけど、全然聞き入れてくれなくて」

「えっ？　そうなの？」

「うん。あたしのタイプは、もっと落ち着きのある人っていうか。北沢くんって誰にでもニコニコして愛想いいし、誘われたら誰とだって遊びに行くんだよね。塾でだって常に女の子に囲まれてたし、誰にでも優しいからすぐに女の子に惚《ほ》れられちゃうの」

菜月が列に並んでいる浩介くんをチラ見する。つられるように、わたしもそこを見た。浩介くんはうしろに並んでいる女子と話している。会話の内容は聞こえないけど、楽しそうな雰囲気だけは伝わってきた。

「たしかに、彼氏にするなら浩介くんみたいな人は嫌だよね」

「あたしへの告白の時もヘラヘラしてるし、きっと本気じゃないんだと思う。ノリっていうか、気まぐれみたいなものだと思うんだよね。それにやっぱり、彼氏にするなら自分だけに優しい一途な人がいい」

菜月の言うことはすごくよくわかる。浩介くんみたいな人が彼氏だったら、毎日不安で仕方ないよね。

「だからまだ当分は、小説の中の男子にキュンキュンしたいと思う」

「わたしも同感！　ほんとキュンキュンするよね！　そういえば、あの本読んだー？」

そう言いながら、話題は小説のほうへ。本のタイトルを伝えると、菜月は目を輝かせはじめた。そしてマシンガンのように語りはじめる。

「あの本、本当に泣けたー。あたし、読んだあと悲しすぎてなかなか寝つけなかったんだよね。ここまで感情移入できる本に出会えたのは初めてだった。それにヒーローの男の子がすっごいカッコよかった！　主人公しか見えてませんって感じでさぁ」

「わかるー！　あんな人が実際にいたら、即恋に落ちてるよ！」

本の中のヒーローの話で盛り上がるわたしたち。誰にも気兼ねすることなく、なにも考えずに思ったことを感情のままに話すのはすごく楽しい。

「ラストはヒロインの女の子が交通事故で死んじゃって、すごく悲しかったなぁ」

寂しそうに笑う菜月。たしかにラストは悲しかった。ふたりに幸せになってほしかった。たかが小説でしょと言われるかもしれないけど、小説の中にも世界が存在していて、読んでるうちに自分もその中の住人になったような気にさせられる。だからこそ登場人物には幸せになってほしいのだ。だけど、世の中はそんなにうまくいかない。それは小説の中の世界でも同じだった。交通事故というキーワードで思い出した。それだけは変えてはいけないと言われたわたしの運命。

「お待たせー、あー、腹減ったぁ」

そうこうしているうちに浩介くんと慎太郎が来て席に着いた。慎太郎はカツ丼で、浩介くんはこの暑いのにきつねうどんセット。どう見ても汗をかくに違いないけれど、浩介くんは無類のうどん好きなんだとか。

「二日に一回食わねーともたない。うどんが俺を呼んでるんだ」

「あはは、なにそれ」

菜月がそんな浩介くんに苦笑い。

「あ、その笑顔かわいい。もう一回笑ってよ」

「や、やだよ」

わたしや優里といた時の菜月は、なにを言われてもヘラヘラ笑っていた。でも今は嫌なことは嫌だとはっきり伝えている。

「北沢くんって、賢いのにバカだよね」

「なっちゃーん、バカはよけいだよ、バカは」

こっちの菜月のほうが自然体のように思えて好感がもてる。教室では無理して合わせてたのかな。わたしと同じように気を張っていたのかな。優里や美鈴がいない空間はとても和《なご》やかで落ち着く。学校の中でこんなに落ち着いていられるなんて、今までは考えられなくて。優里や美鈴のことばかりを考えていたわたしの世界がどれだけ狭かったのかを、改めて思い知った。

「食わねーの？」

慎太郎がカツ丼をほおばりながら聞いてきた。

「た、食べる」

そう言って慌てて箸でごはんを口へと運んだ。隣で慎太郎がクスッと笑って、なんとなく気恥ずかしい。カツ丼を食べてる姿までもがカッコいいなんて、そんなのずるいよ。っていうか、こうして並んでごはんを食べるのは小学生の時以来だ。なんとなく隣にいる慎太郎を意識してしまう。斜め上まで見上げないと慎太郎の顔が見えない。ゆるく締められたネクタイと、開いたカッターシャツの上の隙間から、綺麗な鎖骨が覗いている。身体中の骨格がいつの間にかすごく男らしくなった。それに比べてわたしは、身長は伸びたけど胸の成長は芳しくなくて。横から見るとふくらみはほとんどない。どちらかというと幼児体型のわたしには、女性らしさというものが欠けている。だからこそ髪の毛を巻いたり、うっすらメイクをすることでカバーしているんだ。菜月は細いのに女の子らしい身体つきをしていてうらやましい。

そういえば、菜月と慎太郎は過去ではどういう関係だったのかな。親密だったっぽいし、小説の趣味も合いそうな気がする。それになによりも、ふたりはすごくお似合いだ。身長のバランスもいいし、ふたりが並んでいると王子様とプリンセスみたい。そんなことを考えていたら、なんとなく気分が沈んでしまった。

「どうしたんだ？　いきなりテンション下がってね？」

「いや、あ、ううん。なんでもないよ」

「なんでもない、か」

少し寂しそうな表情で慎太郎がつぶやく。わたし、なにか変なこと言ったかな。

「どうしたの？」

「昔の琉羽なら、なんでも俺に言ってくれたのになぁって思っただけ」

「あー、まぁ、昔はほら、わたしも子どもだったしね。今はなんでもかんでも言えないよ」

ましてや慎太郎と菜月の関係を気にして、勝手に想像して、落ち込んでるなんて、とてもじゃないけど言えない。ふたりは今のところ進展はなさそうだけど、この先どうなっていくのかな。

「まぁ、たしかにそうだな。もう無邪気な子どもじゃないし、いつまでも同じじゃないよな」

しみじみとそう話す慎太郎の横顔に、なぜだかとても胸が締めつけられた。わたしたちはもう無邪気な子どもじゃない。だけど大人でもない。だったら、今のわたしたちはなんなんだろう。大人にも子どもにも属さない宙ぶらりんの状態。

「けどさ、変わらないものもあるって」

「変わらないもの？」

「琉羽の中の根っこの部分とか、自分が大事にしてる信念とか。そういう筋みたいなもんは、大人になっても変わらない気がする」

「すごいね、慎太郎は」

わたしはブレブレだよ。流されまくってるよ。だんだん、うまく生きられないようになっている気がする。でも慎太郎は違う。どんどんたくましくそしてしっかりした人間に成長してる。そんな慎太郎の隣に並んでも、恥じない自分でいたいって心から思うんだ。

変わっていくもの

お昼休みを終えて教室に戻ると、優里や女子たちの視線がチクチクと突き刺さった。

「ぷっ。はみだし者同士、仲良くなっちゃってるんですけど」

優里の言葉にクスクス笑う女子たち。今日は優里の言葉に輪をかけて大きくする美鈴はいない。朝から姿が見えないので休みなんだろう。美鈴が休みだからといっても優里の態度は変わらない。菜月とわたしのことが気にさわって仕方がないのだろう。

「お互いの傷をなめあっちゃってるの？　ウケるー！」

菜月は優里の声なんか聞こえていないみたいに、席に着いて次の授業の準備を始める。

菜月はこの状況に慣れているなんて、どうしてそんなふうに思ってしまったんだろう。こんなふうに陰口を言われることに、慣れるわけなんかないのに。みんなにクスクス笑われても、これみよがしに心ないことを言われても、必死に聞こえないフリをしてやり過ごしていたに違いない。深く傷ついて苦しんできたに違いない。ひとりも味方がいない中、聞こえないフリをすることで、自分を守っていたのかもしれない。そんな簡単なことにさえ、菜月と同じ立場になってみないと気づかないなんて、わたしって本当にバカだ。こんな状況の中で堂々としていられる菜月はすごいと思う。

「さーて、次はどんなことして遊ぼっかなぁ。美鈴がいないと実行できないし、早く来ーい」

背筋が凍るようなことを鼻歌を歌いながらルンルン気分で話す優里の神経がわからない。どこまでいっても優里とわかりあえる気がしないのは、すべてを他人まかせにして自分の手は一切汚さないずるさというか。そういう部分があるから。自分はけっして悪くないと思っているし、クラスのみんなが自分の味方だと思っている。大勢の中にこういう人も存在するのが世の中というものなのだろう。そんな相手と話しあおうとする気力も残されていないわたしは、優里の存在はないものとして頭の隅に追いやった。

放課後、今日は塾の日だったので帰り支度を整えてすぐに教室を出た。昇降口に着いた時、なにやら靴箱の前に人だかりが。

「ひどいと思わない？」

「だよねだよね。ひどすぎるー！」

「なんでこんなことができるわけ？」

「誰がこんなこと……」

なんだろうと思いながら、恐る恐る近寄る。すると人だかりの輪の中心に優里の姿があった。それを取り囲むようにざわつくクラスの女子たち。ほかのクラスからも騒ぎに乗じて野次馬《やじうま》が集まってきている。どうやらその対象が優里のようだ。

な、なに？　どうしたの？

気になったけどクラスの子に話しかけても答えてもらえないだろう。それに優里のことは気にしないことに決めたんだ。わたしには関係ない。そう思い、靴箱の中からそっとローファーを取りだし地面に置く。すると、横から鋭い視線を感じた。

「あんたでしょ？」

上履きを脱いでローファーに足を入れた時、優里の低い声が聞こえた。

「あんたがやったんでしょ？」

眉をつり上げ、血走った目で睨みながら優里がわたしに突っかかる。明らかに怒っている。ううん、キレていると表現したほうがいい。

「な、なんのこと？」

いきなりそんなことを言われても、今ここにやってきたばかりなんだけど。

「これ、あんたの仕業《しわざ》でしょ！　そうとしか考えられないっ！」

優里はわたしの前にローファーを差しだした。それにはひと目見ただけでもわかるほど、相当の恨みがこもっているとしか思えないようなほどの無数の傷がついている。それも、カッターナイフで切りさかれたかのようなズタズタの傷だった。

「こんなの知らない、わたしじゃない」

「はぁ？　とぼけんなよ！　あんたしか考えらんないんだよ！」

バンッと大きな音がした。優里が力まかせに靴箱のフタを殴ったから、思わず背筋がピンと伸び、ドキリとする。その場にいたクラスの女子たちも優里のピリピリした雰囲気にビックリして、顔をこわばらせた。

「こっえー」

「俺、楠さんのこといいなって思ってたのに性格悪そうだよな」

「見た目はかわいいけど、あれはなぁ……引くわ」

男子がコソコソ話している。優里はそんな男子たちをひと睨みした。

「やっべ」

「こっわ」

男子たちは逃げるようにその場を去っていく。それを見届けると、優里は再びわたしに向き直った。

「ほんっと、ムカつくんだけどっ」

興奮し、逆上している優里に、わたしの話が通じないのは一目瞭然。これ以上否定しても、よけいに怒らせるだけだ。でも、やってないものはやってない。

「こんな姑息《こそく》なマネして仕返しするなんて、最低だと思わないの？　コソコソこんなことしないで、堂々と立ち向かってこいよ」

「だ、だからわたしじゃないってば」

「ウソつくなっつってんだよ！」

優里が右手を振り上げた。目を見開き、わたしがやったと確信しているような鋭い目つき。振り上げられた手が、こっちに向かって飛んでくる。

叩かれる。そう覚悟した瞬間。

「ストップ」

うしろから誰かが優里の手をつかんで動きを止めた。そこには浩介くんが立っていて、鋭い目つきで優里のことを睨んでいる。浩介くんのことはあまりよく知らないけど、お昼休みの時はニコニコしてたから、こんな表情をすることに驚いた。

「な、なんで北沢くんが……」

優里が大きく目を見開く。

「やってないって言ってるのに、一方的に決めつけるのはよくないんじゃないの？」

「そ、それは……っ」

「佐上さんがやったっていう証拠《しょうこ》でもあるわけ？」

冷静で真顔の北沢くん。菜月といた時に見せていた笑顔は、今はない。まるで別人のように、黒いオーラが彼をおおっている。どうやら怒らせると怖い人らしい。でも、どうしてわたしにここまでしてくれるんだろう。

「だ、だって……ほかに思い当たる人がいないもん」

なぜか優里はすっかりおとなしくなってしまった。しおらしい態度で、うつむきながら消え入りそうな声で答えている。

「本当にそう？　あんたに覚えはなくても、もしかしたらいっぱいいるかもしれないよ？　あんたを恨んでる人が」

穏やかな口調だけど、驚くほど冷たい声だった。

「え？」

「もうちょっと自分の行動と発言に責任もてよ。人を傷つけて笑ってるなんて、人間として最低だからな」

「そ、そんなことしてないっ。あたし、誰も傷つけてなんか……っ」

「だからそう思ってんのはあんただけだろ。人の裏側ってのは、その人に聞いてみないとわかんねーんだよ。あんたのものさしだけで、世の中が回ってるんじゃねーんだから」

「なっ……」

めずらしく優里が押されている。こんな光景を見るのは初めてだ。周りの女子たちも、気まずそうに顔を伏せて押し黙ってしまっている。よっぽど浩介くんの言葉が効いたのかな。それにしても、少しはまともなことも言うんだ、この人。慎太郎が言ってた通り、やる時はやる人なんだ。ちょっと見直しちゃったよ。慎太郎が言ってた通り、悪い人ではなさそう。

「こんなくだらないこと、俺の友達の佐上さんがするわけないから。行こ、佐上さん」

「え、あ……」

悔しそうに唇を噛みしめる優里の横を通りすぎ、浩介くんのあとを追うようにして、昇降口から外へ出る。浩介くんの言葉が少しでも響いて、優里が考え直すきっかけになればいいけど、どうだろう。

「浩介くん、ありがとう」

「いやいや、ぜーんぜん！　俺、元からあの人嫌いだったんだよ」

「え？　なんで？」

「アイツ、なっちゃんのことイジメてただろ？　イジメとかするヤツ、マジ最低」

「そ、それは……」

ドクンと鼓動が鳴った。わたしもその加害者のひとりだった。うしろめたい気持ちがこみあげてきて、息が苦しくなる。浩介くんはこんなわたしのことを友達だと言ってくれたけど、わたしにはそんな資格なんてない。ましてや、助けてもらうなんてもってのほかだ。だって、わたしも菜月を傷つけていた張本人なんだから。

「ご、ごめん、なさい。わたしも、菜月のこと……」

「でも、今は仲良しなんだろ？」

「え？」

「なっちゃん、佐上さんといる時、めっちゃかわいく笑ってた。俺、なっちゃんのあんな笑顔見たことないよ。だからよっぽど佐上さんのことが好きなんだなって」

「そ、それは……」

どうなんだろう。菜月はわたしのこと、心の奥底では許せないと思っているのかもしれない。それこそ、本人に聞いてみなきゃわからないけれど。

「俺、なっちゃんのことずっと見てきたからわかるんだ。なっちゃんは自分のことあんま話してくんないけど、佐上さんといる時だけは違うよ」

「そんなこと」

「そうだよ、琉羽」

否定しようとすると、背後から菜月の声がした。わたしたちのやり取りを聞いていたんだろう、少し気まずそうに微笑む菜月がそこにいた。

「なっちゃーん！　俺の勇姿、ちゃんと見てたー？」

さっきまでの黒いオーラなんて微塵《みじん》も感じさせないほどの優しい笑顔で、浩介くんはうれしそうに右手をブンブン振っている。菜月はそれを「はいはい」と軽くかわしてから、真剣な眼差しでわたしを見つめる。

「あたし、琉羽と友達になりたいって言ったのは本音だよ？　過去は過去として、これからは未来を見ていこうよ。大切なのは『これからどうなりたいか』じゃない？　あたしはもっともっと仲良くなりたいよ」

「菜月……」

「なっちゃんってば、いいこと言う！　カッコいい！　そんななっちゃんも、すごく好きだー！」

す、好き？　そんな堂々と……。すごいな、浩介くんは。

「北沢くんは黙ってて」

「あちゃ、怒られちった」

わざとらしく舌を出した浩介くんは、もしかするとこの場の空気を和ませるためにそうしてくれているのかもしれない。

「ありがとう、ふたりとも」

そうだよね、大切なのはこれからどうなりたいか。自分がどうしたいかだ。少なくともわたしは、もう誰かを傷つけたりはしたくない。そして、菜月ともっともっと仲良くなりたい。そう思った。


夏休み直前の終業式の日。

優里はローファーの件でまだわたしを疑っている。次の日に優里はクラスの女子たちに

『ほんとありえない。犯人名乗り出ろ』と恨みつらみのこもった目でわたしのほうをチラチラ見ながら話していた。聞き入れてもらえないのはわかっていたから、言い返したりはしなかった。やってないんだから、堂々としていればいいんだ、堂々と。

「美鈴もずっと学校休んでるし、連絡しても返事がないんだよ。ありえないよね。なにしてるんだっつーの」

「美鈴ちゃん、まだ具合悪いの？」

「さぁ？　サボりなんじゃない？　元からそういうところあるし」

優里たちの会話が嫌でも耳に入ってくる。四日前からずっと美鈴は学校を休み続けている。そのせいで優里が不機嫌になり、それをクラスの女子たちがなだめている。以前なら、わたしもその輪の中にいて優里をなだめていたんだろうな。でも今は違う。菜月がそばにいてくれる。クラスの中で孤立していても、それだけでとても心強い。

放課後になり、菜月に寄り道して帰らないかと誘われた。だけど塾があるので心苦しくも誘いを断ることに。

「じゃあ、夏休みはずっと夏期講習なの？」

「うん……そうなんだよね」

「そっかぁ。全然遊べない感じ？」

残念がる菜月を見て申し訳ない気持ちがこみあげる。

「ううん、そんなことないよ。行けそうな日があったら連絡するから、一緒に遊ぼう」

「やったー！　一度、琉羽と本屋さん巡りをしてみたかったんだよね」

夏休みが待ちきれんと言わんばかりの菜月の弾ける笑顔を見て、ホッと胸をなで下ろす。

学校に行かなくていいというだけで気が楽だけど、夏休みが楽しみかと聞かれたら返答に困ってしまう。

「あ、あとはねぇ、カフェ巡りとかもしてみたい。お気に入りの小説のことで何時間でも語りあえる気がする」

「え、なにそれ、楽しそう」

菜月と過ごす夏休みを想像するだけでワクワクしてくる。

「じゃあ、わたしは自転車だから。バイバイ」

「うん、連絡待ってるね。バイバイ」

菜月に手を振り駐輪場へ向かう。夏休み前ということもあって、いつもの倍ぐらいにカバンがずっしり重い。カゴにカバンを乗せると、重みでハンドルが傾いた。

「わっ」

倒れそうになるのをとっさに手で支える。

「琉羽！」

「え？」

——ガシャン。

突然呼ばれたことに気を取られ、自転車が倒れた。さらに、倒れた自転車が隣の自転車を倒してしまい、それはドミノ倒しのように四、五台ほど続いた。

あっちゃー、やってしまった。

「なにやってんだよ、ったく」

バスケ部のユニフォームを着た慎太郎が走り寄ってくる。そして呆れたように笑った。

「し、慎太郎が急に呼ぶからでしょ」

「あー、まぁ、それもあるな。悪い」

そう言いながら自転車を起こしてくれる。ユニフォームから出ている腕はほどよく筋肉がついていて、自転車を起こす時に力が入ってたくましくふくらむ。なぜかドキドキしながらそれを見ていると、下から見上げる形で慎太郎が顔を上げた。

「いやいや、お前も手伝えよ」

子どもみたいな無邪気な笑顔。よっぽど急いで来たのか、慎太郎の額には汗が浮かんでいる。ブロンドの前髪が生温い風になびいて、横に揺れた。

「おーい、なにボーッとしてんだ？」

「あ、ご、ごめん」

まさか、ユニフォーム姿の慎太郎に見惚れてたとか言えるわけない。慌てて自転車を起こそうとするけど、隣の自転車がおおいかぶさるように邪魔をして、てこずってしまう。ハンドルの部分がタイヤ部分にはさまってしまっているので、それを引き抜くだけでもひと苦労だ。

「ぬ、抜けない……」

「あーもう。なにやってんだ。よけい絡まってる」

「だ、だって、重いんだもん」

カラカラと後輪が空回りする。ハンドルがよけいに奥へ入ってしまった。すると慎太郎はわたしの前に来てしゃがみ込み、やれやれと言いたげな表情でわたしが苦戦している自転車に手を伸ばす。その時、フワッと頬に慎太郎の髪が当たった。

「危ないから、手、放して」

慎太郎はそう言って、わたしのほうを見た。

慎太郎のまん丸の黒い瞳の中にわたしが映っているのがはっきりとわかった。まっすぐな視線、そして精悍《せいかん》な顔立ち。小学生や中学生の頃とは違って、たくましく男らしくなった慎太郎の姿になぜかそわそわしてしまう。

「あのさ……」

「うん？」

「そんなに見つめられると、普通に恥ずいから」

慎太郎は気まずそうにわたしからパッと目をそらす。その横顔はまっ赤だ。

「ご、ごめんっ！」

わたしもパッと顔を伏せた。きっと、わたしの顔もまっ赤だ。心臓もすごく速く動いてる。落ち着け、落ち着くんだ、わたしの心臓。

「髪、伸びたな……」

うつむいていると慎太郎の手がスッと伸びてきて、胸下まであったわたしのゆるふわの髪を下からすくい上げた。

――ドキンドキン。

髪の毛に神経なんか通っていないのに、慎太郎にふれられている所がものすごく熱く感じる。

「琉羽は、すっげー女らしくなったと思う」

えっ？

「な、なに言ってんの……っ」

一瞬、耳を疑ってしまった。だって慎太郎がそんなことを言うなんて、想像もつかない。

「いや、マジで。かわいくなった」

なに、言ってんの、ほんと。こんなのおかしい。視線を感じて恐る恐る顔を上げると、熱っぽい眼差しで慎太郎がわたしを見ていた。ほんのり赤く染まる慎太郎の頬。わたしと目が合うと、慎太郎はぎこちなく笑ってくれた。そんな慎太郎も、たまらなくカッコいい。

「し、慎太郎、熱でもあるんじゃないの……？」

だって、こんな慎太郎は知らない。わたしの知ってる慎太郎じゃない。そして、なんでわたしも心臓がはち切れそうなほどドキドキしてんの？　意識して顔が見られない。慎太郎とこんなに照れくさい雰囲気になるのは初めてだ。慣れないからかな、落ち着かないのは。

「熱なんかねーよ、バーカ」

ちょっとムッとしたように唇をとがらせる慎太郎。

「バカって言わないでよ、バカ慎太郎」

「はぁ？　なんだと」

気軽にこんな言いあいをしているほうが安心できる。似合わない雰囲気になると、そわそわしてしまって、どうすればいいのかわからないよ。

「ほら、早く手を退けろよ」

「あ、うん」

「ほらよっと」

困ったような顔をしていたのを察してくれたのか、慎太郎は自転車を引き起こすと同時に立ち上がった。そしてわたしも、そんな慎太郎に続いて立ち上がる。あれ？　そういえば、慎太郎はどうしてここに？　ユニフォームを着てるっていうことは、今は部活中のはずだよね？

「わたしに用事でもあった？」

「あーいや、明日から夏休みだし、偶然、琉羽が通りかかったのが見えたから、顔でも見とこうと思って」

「あ、そうなんだ？」

「おう。まぁ、ヒマならいつでも連絡してこいよ。じゃあな」

慎太郎はそれだけ言うと、わたしの頭を軽くなでてから体育館のほうへと走って行った。

『顔でも見とこうと思って』

慎太郎の言葉が蘇って、うれしい気持ちがこみあげる。

そして、男っぽい慎太郎にものすごくドキドキした。

どうしよう。こんな気持ちは初めてだよ。

Three
もしも明日があるのなら、
君に好きだと伝えたかった。

存在価値

　夏休みがはじまって三日が経った。毎日のようにわたしは朝から夕方まで塾の夏期講習へと通っている。真夏ということもあって、今日も朝からものすごく暑かった。夕方になると暑さは少し緩和されるけど、時々吹く風は熱風で、自転車で国道沿いの歩道を駆け抜けるわたしの体力を凄《すさ》まじい勢いで奪っていく。そのうえ今日は運が悪く、何度も赤信号につかまってしまっている。そのたびに汗が背中を伝って、不快感が増していく。

「はぁ」

　大きなため息の原因はたったひとつ。家に帰るのがおっくうで仕方ない。過去に経験した壮絶《そうぜつ》な夏休みを繰り返しているんだもん。夏休み前のテストは過去よりもできたはずなのに、お母さんは納得してくれなかった。さらには通知表を見てまたため息。どうしてオール5じゃないのかと呆れられてしまった。

『お兄ちゃんは高校の時もトップで、すごかったわよ』

『レベルの低い一般の高校でトップになれないなんて、どういうことなの？』

　いやいや、この地域じゃ一番の進学校だよ、お母さん。お母さんはわたしがお兄ちゃんと同じじゃなきゃ認めてくれない。お母さんの言う『すごい』の基準はお兄ちゃんで、それに及ばないわたしは普通以下なのだ。なにかとお兄ちゃんと比べられて、いいかげんうんざりだ。

家に着くと、誰とも顔を合わせたくなかったので、そろりと二階の自分の部屋へ直行する。居心地が悪くて落ち着かないし、家にいてもわたしを待ってるのは勉強のみ。

「琉羽、帰ったの？」

お母さんの声がした。

「う、うん」

部屋から顔を出すと階段の下にお母さんがいて、呆れたような表情を浮かべている。

「帰ってるなら声くらいかけなさい。今晩みんなで外食に行くけど、あなたはどうする？」

「わ、わたしは行かない。適当になんか食べるよ」

「そう？　だったら、ちゃんと勉強しておくのよ？」

「わかってる」

高校生になってから親と出かけるのが嫌で、いつもわたしはお留守番。家で顔を合わせるだけでも疲れるのに、外でまで一緒にいたくない。どうせお母さんにグチグチ小言を言われるに決まってるんだもん。それなら家でひとりでいるほうがいい。でも勉強をする気にはなれなくて、ベッドに横たわってスマホをいじる。今頃、菜月はどうしてるかな。連絡してみようかなぁ。うーん、でもなぁ。考えているうちにだんだん眠たくなってきて、気がつくと眠りに落ちていた。

――チュンチュン。

小鳥のさえずりで目が覚めた。う、うわ、やっちゃった。お風呂にも入らずに、あのまま寝てしまった。ど、どうしよう。スマホで時間を確認すると、現在朝の六時だった。ベッドからそろりと起き上がって、忍び足で一階へと下りる。音が鳴らないようにしていたつもりだけど、リビングに行くとすぐにお母さんに気づかれた。

「あ、お、おはよ」

眉間にシワを寄せてお母さんがわたしを見る。その顔はなにか言いたそうに歪められていた。

「お風呂にも入らずに寝てたのね。その様子じゃ、勉強もしてないんでしょ？」

「え、あ、うっ……」

図星だからなにも言い返せない。お母さんの責めるような目つきに、肩身が狭くなる思いだった。

「はぁ……まったく、あなたはお母さんを呆れさせるのがうまいわね」

「……っ」

そんなつもりはないのに、どうしてお母さんは……。

「もっとちゃんとしてくれなきゃ困るわ。お父さんだって、あなたのこと……」

「わ、わかってるよ！」

うるさい、うるさい、うるさい、うるさい。どうしてお母さんは、わたしを否定してばっかりなの。

「わかってたら、そんなだらしない格好で寝ないでしょ？　もっと必死になって、将来のことも考えるはずだわ」

「……っ」

将来のこと、未来のこと、先のこと……お母さんはそればっかりで『今』のわたしを見てはくれない。興味があるのは、どうなるかわからない将来のことだけ。それ以外に、わたしに興味なんてないんだ。

「もっとしっかりしなさい」

「わかってるってば、うるさいなぁ！」

「なっ、親に向かってなんなの、その口のきき方は！　お兄ちゃんはそんなこと言わなかったわよ！」

「……」

ほんと、うるさい。もう放っておいてよ、わたしのことなんて。将来のことなんてなにも考えられない。お兄ちゃんはお兄ちゃん、わたしはわたしなんだって。もうやだ、もううんざり。もう……全部がどうでもいい。わたしはリビングを出ると、そのまま玄関に向かった。なにもかもが嫌で、とにかくここから逃げだしたかった。

「はぁはぁ……」

全力疾走してやってきたのは住宅街の小さな公園だった。ブランコに滑り台、砂場に鉄棒、そしてジャングルジム。たったそれだけの遊具しかない公園。もう少し住宅街の中を行くと、グラウンドがある大きな公園があるけれど、もうこれ以上は走れない。わたしはブランコに座って、足で地面を蹴った。キコキコと小さく揺れるブランコ。

「なに、やってるんだろう……」

なにが、したいんだろう……。自分のことなのに、まったくわからない。

「あれ、琉羽？」

公園の横を通りこちらに向かって走ってくる人に、名前を呼ばれる。顔を上げると、そこにはジャージにTシャツ姿の慎太郎がいた。

ランニングでもしてたのか、タオルを首から下げて汗をぬぐっている。

「めずらしいな、こんな早い時間になにしてんだよ？」

慎太郎はわたしの目の前までやってきて、そんなふうに問いかける。

「さ、散歩。慎太郎は、ランニング？」

まさか、こんな所で会うなんて……。

「おう！　体力作りのために、毎日走ってる」

「へぇ、すごいね」

「バスケはスタミナと持久力が大事だからなっ！」

得意げに笑う慎太郎がまぶしく見えた。ほんとにバスケが好きなんだな。夢中になれるものがあるって、すごいことだと思う。慎太郎は勉強だってできるし、なにをやっても器用で、たいていのことは難なくこなしてしまう。それに比べてわたしは……。ダメだ、今日はいつも以上にネガティブ思考になってる。

「なんかあったのか？」

「えっ？」

「そんな顔してる」

「な、なにもないよ。あるわけないじゃん」

どうしてこうも見透かされてしまうのか。わたしって、そんなにわかりやすいのかな。落ち込んでること、知られたくないよ。だって、慎太郎には言えない。なにもかもうまくいってて、悩みなんてないであろう慎太郎には。わたしの気持ちなんて、わからないよ。

「ランニングの途中だったんでしょ？　わたしのことは気にしなくていいから」

「あー、うん、まぁ、途中っちゃ途中だけど、もう帰るとこだったし」

「わ、わたしも、もう帰るから。じゃあね」

立ち上がって、その場を去ろうとする。今は慎太郎ともまともに話せない。

「待てよ」

グイッ。

手首をつかまれて、引き止められた。そして強引に慎太郎のほうを向かされる。

「な、なに？」

「俺、夜もこの辺走ってるんだ。毎日公園の中をチェックする。だから、俺に会いたくなったらここに来て」

「え……」

なに、言ってんの。

「し、慎太郎に会いたくなるわけ、ないし」

意味がわからないよ。

「気が向いたらでいいから、とにかく来いよ」

「……っ」

なんなんだろう、本当に。なんでそんなこと言うの？　わたしのことを心配してくれているのかな。

「じゃあな！」

慎太郎はそう言い残して、走り去ってしまった。大きくてたくましい背中。ブロンドの髪が左右に揺れている。わたしは慎太郎の背中が見えなくなるまで、そこに立ち尽くしていた。

「だからそう言ってるじゃないですか、なのにあなたときたら……」

「なんだと？　この俺が悪いって言いたいのか？」

「そうじゃなくて、わたしが言いたいのは……」

塾から帰ってきて玄関のドアを開けた瞬間、リビングからお父さんとお母さんの言いあう声が聞こえた。また、やってるよ。

ここ二、三日、めずらしくお父さんが早く帰ってきたかと思えばお母さんと口論を繰り広げている。こんなことは今までなかったのに、なんなのよ、いったい。仲裁《ちゅうさい》に入るなんてわたしにはできるはずもなく、リビングに寄ることなく自分の部屋に直行する。

「はぁ」

疲れた、ものすごく。これからまた今日のぶんのノルマと、プラス夏期講習での宿題をしなきゃいけない。どうせこの先、交通事故に遭う運命なんだから、こんなことをしても無意味なのは知ってる。でもなんとなくサボることができなくて、結局やってしまっている。

気分転換に菜月にメッセージを送ると、すぐに既読がついて返信がきた。

《毎日暑いよね！　でも、あたしは元気だよ。琉羽は？　あ、この前また面白い小説見つけたよ★また紹介するね★》
《わたしも元気だよ、毎日夏期講習で嫌になる！　小説？　読みたーい!!》
《いつ空いてる⁇　本屋さん巡りがしたいよぉ★》
《うーん、そうだな》
文字を打ち込みながら、スケジュール帳を確認する。けれど、毎日夏期講習で平日の昼間はほとんど空いてない。
《ごめん、昼間は無理だ。夕方五時以降なら大丈夫だよ！》
書きかけの文字を消して、こう送った。
《ごめん、うちは親が厳しくて……！　門限が六時なんだよね……あ、そうだ！　今週の土曜日の夜は空いてる？》
《夏期講習があるけど、その後なら！》
《お祭りに行かない？　実は北沢くんに誘われちゃって……でも、ふたりきりではちょっと……ね、お願い！　北沢くん、ほんとしつこくて困ってるの！　無理って言っても、じゃあ家まで迎えに行くよって、もう行く気まんまんで……》
菜月が困っている様子が目に浮かんだ。行きたい。でも、お母さんが許してくれるとは思えない。考えこんでいると、再び菜月からメッセージが送られてきた。

《井川くんも誘ってさ、四人で行こうよ★》

「ええっ！」

し、慎太郎も？

「ど、どうしよう……」

なぜか、慎太郎の名前を聞いて動揺してしまった。

「ごめんね、今日はありがとう」

「ううん、全然大丈夫だよ」

カランコロンと、菜月の下駄が音を立てる。お祭りの会場は駅の近くの神社で、わたしと菜月は早めに待ち合わせをして、川沿いの道を並んで歩いていた。

「元気にしてた？　あたし、スイカ食べすぎちゃって。お腹壊してたんだよね……あはは」

浴衣姿の菜月がかわいく笑った。

「え、大丈夫なの？」

「うん、今はもうすっかり元気だよ」

いつもはポニーテールの菜月も、今日は浴衣だからなのか高い位置でお団子にしている。

薄紫色の朝顔柄の浴衣が似合っていて、すごくかわいい。

　一方わたしは、テロテロのサテン生地の黒のオーバーオールと、白いTシャツを合わせてラフな格好。髪はサイドに編み込みをして、うしろでひとつにまとめている。

「今日は琉羽も浴衣だと思ったのになぁ」

「ごめん、塾帰りだし、時間がなくて」

　わたしはとっさに言い訳をしてみせる。

「そうだよね、塾だったもんね。あー、あたしもやっぱり私服にすればよかった。なんだか恥ずかしいよ、ひとりだけ浴衣って」

「かわいいよ、菜月の浴衣姿」

「そ、そうかな？　照れる……」

「そうだよ、かわいいから自信もって！」

「あ、ありがとう……」

　パァッと明るい笑顔を浮かべる菜月。わたしはそんな菜月を見て笑ってしまった。

　ふたりでお互いの近況を話しながら歩いていると次第に陽が落ちていき、だんだんとたくさんの人であふれてくる。まだまだお祭りはこれからだ。

「そういえば、琉羽の親は大丈夫だった？」

「え、う、うん。なんで？」

「うちの親、普段は門限厳しいのに、お祭りの日だけは遅くなっても許してくれるの。なかなか、そんな親っていないでしょ？　普通なら、早く帰ってこいって言うじゃん？　そもそも、夜出かけることにうるさい親って多いし。琉羽んちはどんな感じ？」

「あ……うちは、基本的になんでもありだから」

「ほんと？　なら、よかった」

「あんまり遅くならなきゃ、大丈夫……」

「うん、花火が終わったら切り上げよう」

菜月とそんな会話をしながら、メインのお祭り会場の神社にたどり着く。待ち合わせ場所は、鳥居の下。たくさんの人がそこで人待ちをしていた。

「まだ来てないみたいだね」

サッとあたりを見渡したけど、慎太郎と浩介くんの姿は見当たらない。待ち合わせまでまだ時間があるし、当然といえば当然なのかもしれないけれど。

「それにしても、暑いね」

菜月が手にしていたうちわで顔をあおぐ。

「わたしも、全身汗だらけ」

菜月は浴衣だからよけいに暑いのか、さっきからハンカチで何度も汗をぬぐっている。

「お祭りは好きだけど、この暑さだけはどうも好きになれない」

「だよねー、わたしも！」

そんな他愛《たあい》もない話をしていると。

「おーい、なっちゃーん！」

遠くのほうから、浩介くんと慎太郎が歩いてくるのが見えた。浩介くんはブンブン手を振りながら、とびっきりのスマイルを浮かべている。

「相変わらずだね、浩介くんってば」

「恥ずかしいからやめてほしい。でも、ふたりとも浴衣だぁ！」

菜月がうれしそうに声を弾ませた。わ、慎太郎の浴衣姿とか初めてだよ。扇子で顔をあおぎながら、こっちに向かってくる。

「佐上さーん！　お待たせー！」

「もう大きな声出さないで。みんな見てるよ」

菜月がそんな浩介くんをたしなめる。

「はは、なっちゃん浴衣だー！　かわいいね！　見て見て、俺もー！」

浩介くんはニコニコしながらくるりとその場で回ってみせる。ダークグレーの浴衣の裾がヒラリと舞った。なんというか、自由な人だな、ほんと。でも浩介くんは体格がいいから、浴衣がよく似合ってる。

「はいはい、回らなくていいから」

苦笑いを浮かべる菜月の横で、慎太郎の姿をチラリと見やる。

「よう」

「あ、うん」

慎太郎と目が合い、わたしはなんとなく気まずくて目を伏せた。

「なんで目そらすんだよ」

「いや、あの……」

慎太郎の浴衣姿がまぶしすぎて……とはさすがに言えないので、言葉に詰まる。それにしても、今日の慎太郎は本当にカッコいい。浴衣の隙間から覗く鎖骨とか、出っ張った喉仏とか、キリッとした横顔だって。ツーブロックの髪型が浴衣ととても似合っていて、ドキドキさせられる。

「つーか、浴衣じゃねーのかよ！」

「え？」

「ちぇっ、琉羽の浴衣姿が見られると思ってたのに」

唇をとがらせながらそんなふうに言う慎太郎は、子どもみたいだった。

「きょ、今日はさっきまで塾だったの……」

「ふーん、つまんねーの」

ドキッ。

「ははは、慎太郎はバカ正直だなー！」

「うっせー、お前だけには言われたくねーし」

「正直仲間でいいじゃん、俺ら！　実際気が合うから一緒にいるんだし！」

「はぁ？」

「ふふっ」

菜月は優しい表情でふたりのやり取りを見守っている。浩介くんを見る目はやれやれといった感じなのに、慎太郎を見る菜月の目は浩介くんの時とは違っていて。そんな菜月の横顔を見ていると、ふとあることが頭をよぎった。菜月は慎太郎のことを……どう思っているんだろう。過去ではふたりはいい感じだった……はず。これから先ふたりは進展していくのかな。ううん、過去とは違う今になっているんだから、もしかするとそうならないかもしれない。わたしが行動を起こしたことで、ふたりの未来にまで影響を及ぼしている……？

「おーい、琉羽。なにボサッとしてんだよ。行くぞ」

黒の縞模様《しまもよう》の浴衣に身を包んだ慎太郎が、わたしを振り返って手招きする。どうやらぼんやりしていたらしく、すでに浩介くんと菜月は並んで歩きだしていた。

「ご、ごめん」

そう言いながら駆け足で慎太郎の隣に並んだ。

「わ、見て。あの人めっちゃカッコいい」

「ほんとだ！　イッケメーン！」

さっきから女の子たちの視線が全部慎太郎に向けられている。やっぱり、モテるよね。高校生になってからますます大人っぽくなって、見違えるほどカッコよくなったもん。

「なんだよ、そんなに見つめんなって。恥ずいだろ」

「慎太郎はモテるよねー、どこにいても目立つしさ」

「はぁ？　そんなことねーわ」

「いやいや、そんなことあるって。中学の時だって、いろんな子から告白されてたじゃん」

「なに？　気になんの？」

うっ、ニヤッとしながら見ないでほしい。気まずい、恥ずかしい。でも……。

「す、少しだけ……」

わー、わたしったら、なに言ってんの。

「ふはっ、安心しろよ。モテるってのはただのステータスで、べつにうれしくもなんともねーよ」

「ふーん……へぇ、モテるのがステータス、ね……」

さすがモテる人の言うことは違う。そんなに堂々と自信たっぷりに言っちゃってさ。

「なんだよ、冗談だろ。不機嫌になんなよ、ははっ」

「な、なってない！」

慎太郎は余裕たっぷりで、わたしばっかりがムキになっているみたい。子ども扱いされてるようで、ちょっとすねてしまいたくなる。

「どうせわたしは、慎太郎みたいにモテませんよーだ……」

「まだ不機嫌なの？　いいかげん機嫌直せって、わたあめ買ってやるからさ」

「わ、わたあめ！」

自分でもわかるくらいに口もとがゆるんでしまった。すると「ガキだな」と慎太郎にクスクス笑われた。

神社の中はものすごい人であふれ返っていた。入っていけるほどの隙間もないほどで、人の波に飲まれそうになる。

「し、慎太郎、待って」

さっきから人にぶつかってばかりで、慎太郎がどんどん遠くなっていく。浩介くんと菜月の姿は埋もれてしまって、すでに見えない。

「なにやってんだよ、琉羽、ほら」

人と人の間からスッと伸びてきたのは、慎太郎の大きな手。

「わぁ」

勢いよくうしろから体当たりされて、わたしは倒れ込むようにして慎太郎の腕をつかんだ。

「ご、ごめん」

「琉羽ちゃんは、そんなに俺と手がつなぎたかったのかなー？」

「ち、違うよっ」

「はいはい」

「ほ、ほんとに違うからっ！」

ムゥッと唇をとがらせながら言うと、隣で慎太郎がクスクス笑った。なんだかまた子ども扱いされているみたい。

「そんなにムキになって否定すると、よけいに怪しいぞ」

そう言いながらさり気なくわたしの手を握って歩きだす。慎太郎の横顔は優しく笑っていて、まるで何事もないみたいにいつもと変わらない。なんでこんなにサラッと、紳士みたいに手をつなぐかな……。恥ずかしげなそぶりもないから、慎太郎にとってこれは、あれだ。ただ人混みでわたしが迷子になりそうだから、人助けのつもり、ただそれだけ。それ以外に理由なんてないはず。

それなのに……どうしてこんなにドキドキするの。きっと、わたしの顔は今まっ赤だ。

慎太郎に手を引かれながら、うつむき気味に歩いた。時々振り返っては、わたしの様子をうかがってくれる優しい慎太郎。

「大丈夫か？　もう少しで広い所に出るから、それまで辛抱して」

「あ、うん……」

人混みは嫌いなのに、どうしてだろう。今の状況も悪くないって、もっともっと、この中に埋もれていたいって思っているわたしがいる。そんなことを思うなんて、今日のわたしはどうかしている。こんなの、わたしじゃないんだから……。


人混みを抜けて神社の奥までようやくたどり着いた。

「ほら、わたあめ」

「え、でも……」

「いいから、遠慮すんなって」

「あ、ありがとう」

表通りほどのにぎわいはないけれど、神社の奥にも屋台が軒を連ねていて、慎太郎はそこでわたあめを買うとわたしに手渡してくれた。まさか本気だと思わなかったから、少しビックリ。手でちぎってパクリと口に入れると、甘さが口の中に広がった。

「ふわふわだ……慎太郎も、食べる？」

わたあめを慎太郎の口もと目がけて差しだす。

「いや、俺はいいよ。琉羽が食ってるの見るだけで、腹いっぱい」

そういえば、慎太郎は甘いものが苦手だったっけ。

「なっちゃんもわたあめ食う？　なんでもおごっちゃうよー！」

「自分で買うからけっこうです」

「ええっ、そんなこと言わずにさぁ！　俺に花を持たせてよ」

「いいよ、そんなの。そこまでしてもらう間柄でもないし」

「俺はそんな間柄になることを望んでるんだけどなぁ。いつでもウェルカムだよ」

「な、なに言ってんの」

「浩介、それぐらいにしとけよ。困ってるだろ」

慎太郎がふたりの間に割って入る。困ってる人を見ると放っておけないのは、今も変わっていないらしい。

「なんだよー、慎太郎。佐上さんといい感じなんだから、俺に協力してくれてもよくね？」

「はぁ？　なに言ってんだよ、バカ」

「うっわ、バカって、慎太郎がバカって言った！」

わぁぁぁっとわざとらしく泣きまねをする浩介くん。自由奔放《じゆうほんぽう》というか、なんというか。きっと感情のままに生きているんだろうな。わたしにないものを持っている浩介くんが少しうらやましい。

「佐上さんもさ、こんなヤツのどこがいいの？」

「え？」

「やっぱ、顔？」

目の前には浩介くんのドアップがあって、わたしの目線に合わせるように屈《かが》んで顔を覗き込んでくる。改めて見ると、すごくイケメンだ。女の子がドキドキする仕草とか、行動を心得ているっていうのかな。やわらかくはにかんで首をかしげている姿は、狙ってやっているようにしか思えない。

だからなのか、なんだかドキッとしてしまう。

「ち、近い、です……」

浩介くんの胸を手で軽く押し返す。すると浩介くんはすんなりうしろへと引いた。

「こんくらいで照れてんの？　佐上さんって、見かけによらずウブなんだ」

「……っ」

「男慣れしてますって感じで、遊んでそうなのに」

「おい、あんまこいつをイジメんなよ」

慎太郎がわたしと浩介くんの間に割り込んできて、目の前に立った。

「琉羽はお前が思ってるような女じゃないから」

「へいへい、悪かったよ」

「ったく、誰に対しても顔覗き込んだりするのは、いいかげんやめろよな」

「なんだよー、なっちゃんの時はなにも言わなかったくせに、佐上さんのことになると必死だな、お前」

「ちげーよ、前から思ってたんだ」

「へいへい、そうかよ」

『琉羽はお前が思ってるような女じゃないから』

慎太郎……わたしね、慎太郎が思ってるような女でもないよ。だからそんなふうに言ってもらう資格なんてないんだ。だけど、どうしてかな。そう言ってもらえてうれしいと思ってるわたしがいる。

「ほらさっさと買って座れる場所探そうぜ。立ったまま花火観るのは疲れるだろ」

慎太郎の言葉でわたしたちはそれぞれ食べたい物を近くの屋台で買うと、座れる場所を探して神社のそばの川沿いを歩いた。あたりはすっかり日が暮れて薄暗い。もうすぐ花火がはじまる時間だからなのか、みんなが川原沿いに並んで座って場所取りをしている。

「ここどかどう？　ちょうど四人並んで座れるぞ」

喧騒《けんそう》から少し離れた所に空いたスペースを見つけた。わたしと菜月をまん中にして、石段の上に並んで腰かける。わたしの隣に慎太郎、菜月の隣に浩介くんが座り、浩介くんは早速焼きそばを食べはじめる。

「うまっ。なっちゃんも食う？」

「わたあめ食べるから、いらない」

ふたりのやり取りを何気なく聞きつつ、食べかけのわたあめをパクッと口に入れる。

「甘い」

幼稚園の年少の頃に、一度だけお父さんやお母さんとお祭りに来たことがある。ふわふわの見た目に心を奪われて、ワガママを言って買ってもらったのを覚えてる。その時に食べた味と同じだ。子どもの頃の思い出といえば、それくらいしかない。大きくなってからの記憶のほうが残りそうなものなのに、なぜかわたしには不思議と幼稚園の年長の頃の記憶が曖昧というか、思い出せないことのほうが多いんだよね。

「そんなに好きなのかよ、わたあめが」

パクパクと無意識にわたあめをほおばっていたわたしの横で、慎太郎がからかうように笑っている。

「好きっていうか、思い出だよ。懐かしいなぁって」

「思い出、ね。わたあめが？」

「うん、幼稚園の時にお父さんにわたあめ買ってもらって食べたんだ」

「幼稚園の時って、古い思い出だな。祭りって毎年行くもんなんじゃねーの？」

「うーん……どうだろ」

普通の家庭ではそうでも、うちは違うからよくわからない。そういえば小学生になってからは遊びに連れていってもらった記憶もないし、家族での思い出はほとんどない。その頃からうちは、冷めた家庭だったのかな。そんなことを考えたら、どうしようもなく嫌になる。ふと時間を確認しようと思って、カバンからスマホを出すとちょうど電話がかかってきているところだった。画面に映しだされているのは『お母さん』という文字。ドキリと心臓が跳ねたのがわかった。

「ちょ、ちょっとごめんね、電話だ」

わたしはそっと立ち上がってその場を離れると、ひと気のない場所まで移動して電話に出た。

『やっと電話に出た！　なにやってるの？　塾はとっくに終わってるでしょ？　早く帰ってらっしゃい』

怒ってはいないようだけど、呆れたような口調のお母さん。

「あ、えっと、今、塾の先生にわからないところを教わってて……すぐには帰れないのっ」

ウソをつくことにうしろめたい気持ちはある。でも、こうでもしなきゃ今日ここへは来られなかった。

「だから……もう少し遅くなると思う」

『それは、本当なの？』

「えっ……？」

『本当に勉強してるのかって聞いてるの。塾の友達とどこかに寄り道してるんじゃないでしょうね？』

「……っ」

塾の友達ではないけれど、お母さんの言ってることは当たってる。どうやらわたしは、まったく信用されていないらしい。

「ほ、本当に勉強してるよ？　お母さんって、どうしていつもそうやってわたしのことを……っ」

その時、ヒュー、ドーンッという轟音《ごうおん》があたりに響いた。どうやら花火がはじまったらしく、夜空に大きくて綺麗な花が咲く。

『なに、今の音は。それにあなた、外にいるんじゃないの？　さっきから周りがザワザワしてるわよ。子どもの声も遠くから聞こえるし』

や、やばい。

『塾にいるなんて、ウソなんでしょ？』

「………」

ど、どうしよう。どう答えたらいいの。こうなってしまった以上、わたしがなにを言ったってお母さんは納得しないだろう。元から信用なんてされてないんだもん。

『はぁ……なに、やってるの。今すぐ帰って来なさい！　遊んでる場合じゃないでしょう？』

ため息の次に、今度はキツめの口調だった。お母さんは、明らかにわたしがウソをついたことに気づいている。

『親にウソまでついて！　まったく、お兄ちゃんはそんなことなかったのに……どうして琉羽はこうなのかしら……嫌だわ』

ブツブツと電話口でお母さんが嘆いている。わたしは唇を噛みしめて、拳をキツく握った。ここでもまた、お兄ちゃん……。ほんともう、うんざりなんだけど。

『聞いてるの？　今すぐ帰ってらっしゃい！』

「もう、いいかげんにしてよ……っ！　うんざりなんだよっ！　うっとうしいの！」

こらえていた怒りが言葉になって発せられた。握りしめた拳が小さく震える。

『な、なんなの？　その口のきき方は！　どうしてそんな子になっちゃったの……っ。お兄ちゃんは、そんなこと言わなかったわよ』

「うるさいっ……！」

イライラして勢いで通話終了ボタンを押した。

なんでもかんでも、お兄ちゃん、お兄ちゃん、お兄ちゃん、お兄ちゃん……。そんなにお兄ちゃんがいいなら、お兄ちゃんのことだけ考えてればいいのに。あーもう……！　ほんと、なんなの。どうせわたしは、お母さんにとってできそこないの恥ずかしい娘で、親戚や近所の人に自慢もできなくて、そんなわたしはきっと……いらない子、なんだろう。だったら、わたしのことなんて、放っておいてよ。

生きる意味

花火を観る気にはなれなかったけど、戻らないわけにはいかなかったので、わたしは再びみんなのところへ。すると、わたしに気づいた慎太郎が「大丈夫か？」と声をかけてくれた。

「うん……ごめんね。大丈夫だよ」

「そっか」

そう言って口もとをゆるめる慎太郎。その横顔を見ていると、少しだけ気持ちが落ち着いた。はぁ、でも……帰りたくないな。このままずっと、花火が終わらなきゃいいのに。

だけど無情にも花火は三十分ほどで終わってしまい、見物客は帰り支度を始める。なんとなく人の波に乗って歩いていると、自然と帰る流れになってしまった。

やだやだ、このまま家に帰るなんてほんとやだ。

「じゃあ、俺はなっちゃんを送ってくから」

「琉羽、またね！　今日はありがとう」

「うん、気をつけてね」

「またな！」

菜月と浩介くんは電車で、わたしと慎太郎はバス。駅のロータリーでふたりと別れたあと、慎太郎と並んで歩きだす。バス乗り場に着くと、祭り帰りだと思われる人たちがたくさん並んでいた。

「次のバスは十五分後だな。つーか、十五分間隔で臨時バスが出てる」

「え、あ、ほんとだ」

時刻は二十一時を少し回ったところ。今からだと家に着くのは二十一時半過ぎ頃になる。どうしよう、本気で帰りたくない。怒りにまかせて電話を切っちゃったし、お母さんに会いたくない……。やだよ。

「どうした？」

「え？」

「さっきから様子がおかしいなと思って」

「ううん……なんでもない」

「なんだよ？　なんかあるだろ？　言ってみ？」

いいのかな、言っても。でも、そう言ってくれてるし、ここは慎太郎に頼るしかない。

「も、もう少し一緒にいたいんだけど……ダメ？」

「え……？」

遠慮がちに聞くと、慎太郎は大きく目を見開いた。目をパチクリさせながら固まっている。

あれ？　なんだか、嫌そう……？　でも、嫌というよりは、ビックリしているような。

「ダメなら、べつにいいんだけど……っ」

「いいよ」

「え、あ」

「俺も……もう少し琉羽と一緒にいたいと思ってたから。一本、バス遅らせる？」

ドキン。

まっすぐにわたしを見つめる優しい瞳に、吸い込まれてしまいそうになる。照れたようにはにかむ慎太郎。ねぇ、待って、わたし、もしかして、とんでもない言い方をしてしまったんじゃ……？

「行こ」

自分の発言を振り返って焦っているわたしの手をギュッと握ると、慎太郎はどこかへ向かって歩きだした。

「ど、どこ行くの？」

「近くの公園」

「あっ、えと、手……」

「いいだろ、べつに」

離そうとすると、より一層強く握られた。さっきは人混みだったし、はぐれないように必死だったからあまり意識していなかったけど……。なに、これ。なんで手をつないで歩いてるの。ドキドキが止まらないよ。

公園にはお祭り帰りと思われるカップルや高校生くらいの男女がたくさんいた。わたしたちは空いたブランコに並んで座り、慎太郎はそこでようやく手を離してくれた。普段なら夜の公園は不気味だけど、今は微塵もそんなふうに思わない。

「慎太郎って、ひとりっ子だったよね？」

「そうだけど、なんだよ、急に」

「いや、どうだったかなって。意味はないんだけど」

自分でもなんでこんな話題を振ったのかよくわからない。

「琉羽は兄貴がいるんだっけ？」

「うん……わたしとは違って、なんでもパーフェクトにこなすできすぎたお兄ちゃんがね」

「なんか、すっげートゲのある言い方だな。どうしたんだよ？」

「…………」

「琉羽？」

「慎太郎はさ……なんのために生きてるの？」

「え、は？」

わたしの唐突な質問の意図がわからないのか、困惑気味の慎太郎。

「なんだよ、いきなり」

「単純に知りたいだけだよ」

「変なヤツだな……ったく」

そう言いながらも考えてくれているのか、慎太郎が「うーん」と唸《うな》る。その横顔は、とても真剣だ。

「俺もよくわかんねーけど」

そんな前置きをしてから、慎太郎が語りだした。

「長い人生の中で、生きる意味を見つけるために生きてるんじゃねーの？」

生きる意味を見つけるために……生きている？

「悩んで、苦しんで、もがいて、あがいて、ああでもない、こうでもないって迷ったり、落ち込んだり、間違いに気づいたり、後悔したり、どん底を見たり、誰かのために必死になったり、がむしゃらに生きて、そこでようやくわかるもんなんじゃねーのかなって思うんだ。だからさ、俺らの年齢でそれを見つけるのは無理っつーか……人間としてまだまだ半人前だしな」

ズシリと重みのある言葉が胸に響いた。こんなこと、わたしの中ではひとつも浮かばない考えだ。だってわたしは、悩むことから逃げて、自分が傷ついたり苦しむことのないように、あがくことも、もがくことも避けて生きてきたんだから。

「なんのために生きてんのかって聞かれたらわかんねーけど、俺はたとえ嫌なことがあったとしても、毎日を一生懸命生きたいって思ってる。そしたら悔いは残らないし、一生懸命生きた積み重ねが、その先の未来につながって、結果的に生きる意味になっていくんじゃねーのかな。今はわからなくても、十年、二十年後にわかったらいいんじゃん？」

あまりにもまっすぐな慎太郎の言葉。わたしよりもはるかに大人で、強くて、物事を広い視点で見てるんだなって尊敬してしまう。でもだからこそ、どんな時でも一生懸命な慎太郎の姿勢に納得してしまった。

「はは、キザなこと言いすぎた？　恥ずっ」

「ううん、そんなことないよっ。慎太郎は、すごいね」

わたしは全然ダメだ。慎太郎のように胸を張って一生懸命生きてきたとは言えない。

ううん、これまでのわたしは一生懸命生きたいとも思わなかった。現実から逃げて、隠れて、傷つかないように自分を守ることに必死だった。そんなわたしに、生きる意味なんて見つかるわけがなかったんだ。

「なんか深刻な悩み？」

「あ、いや、そういうわけじゃ……」

「カッコいいこと言ったけど、結局のところは死ぬのが怖いってのが大きな理由かもな」

「死ぬのが、怖い？」

慎太郎にも怖いものがあるの……？

「死ぬ時って痛いのかとか、死んだあとってどうなるのかとか、俺が死んだら周りの友達とか、親とか……悲しませることになるなって。ほら、親より先に死ぬのは、親不孝者だって聞くし」

「……」

「それになによりも、自分の人生が終わることを想像するだけで怖いっつーか……今が楽しいから、死にたくないなって思う」

「そっ、か」

聞けば聞くほど自分が情けなくて仕方なくなる。今が楽しいとか、考えたこともない。

「わたしが死んだら、悲しんでくれる人っているのかな……」

「なに言ってんだよ、いるに決まってるだろ」

「そう、かな？」

「お前の親や兄貴とか、近藤とか……俺、だって」

「慎太郎も悲しんでくれるの？」

「はぁ？　当然だろ」

「あはは、ありがとう」

こんな状況なのに、笑ってしまった。

「なに笑ってんだよ、マジだからな？　琉羽が死んだら、親や兄貴の次に、俺が悲しい」

そんなこと……真剣な顔で言わないでほしい。慎太郎の言葉は、いつだってわたしの中にまっすぐに突き刺さる。綺麗で純粋な慎太郎の言葉に胸が苦しくなった。わたしは……

そう言ってくれた慎太郎を残して、もうすぐ死ぬ。悲しませてしまうことになるのかな。

罪悪感がないと言ったらウソになるけれど、変えてはいけない運命なんだから仕方ない。

そう……仕方ないんだ。

「でも、もしも……事故、とかさ。そんなんで突然死ぬことだってあるじゃん？」

「なんだよ、マジで。どうしたんだよ？　らしくないぞ」

「いや、あの、うん。ふと、ね」

「ふと、そんなこと思うのか？」

慎太郎が怪訝な表情を浮かべながら、わたしの意図を読み取ろうと顔を覗き込んでくる。

今、目を合わせてしまったら、わたしが未来からやってきたこと、この先、死んでしまうこと。想像もつかないことが起こっているということ、全部を見透かされてしまいそうで怖い。それほどまっすぐで、透き通るような目をしている。だからわたしは、慎太郎から逃げるようにしてうつむいた。

「もしも琉羽が事故に遭って死ぬようなことがあったら、俺、きっと立ち直れないよ」

やけに静かで冷静な声。ふと顔を上げると、眉を下げた悲しげな顔がそこにあった。

「な、なに……言ってんの」

そんな顔で……そんなこと言わないでよ。

「も、もしもの話だからね？」

「わかってるって、もしもの話な」

「……」

こんなこと聞かなきゃよかった。

「けどさ、琉羽が危険な目に遭いそうな時は、なんとしてでも俺が全力で守ってみせるから」

「………」

慎太郎のまっすぐさと、昔から変わらない強さ。慎太郎の言葉に、激しく心が揺さぶられる。

「な、に、言ってんの。ほんと、意味わかんない。守ってもらわなくても、大丈夫だし」

「強がるなってー。小学生の時、約束しただろ？『なんかあったら、俺が守ってやるから』って」

「そ、そんなの忘れちゃったよ」

ううん、ほんとは覚えてる。忘れるわけない。だって、すごくうれしかったんだもん。

「それに、小学生の時のことでしょ？　いつまでそんなこと言ってんの」

「俺の中では、現在進行形なんだけど……そっか、琉羽は忘れちゃったか」

「……っ」

とても寂しそうな顔で笑うから、なんだかものすごく胸が痛くて。慎太郎にそんな顔をさせたかったわけじゃない。

「で、でも、わたし、いつも慎太郎に助けられてたよ……それは、ありがとう」

「ははっ、なんだよ、改まって」

「こんな時にしか、伝えられないから……」

わたしは慎太郎みたいに、思ったことをポンポン口にできないんだよ。それができたら、きっと楽なのだろう。

「琉羽は覚えてないかもしんねーけど、俺ら五歳の時に一回だけ会ったことがあるんだ」

「え……？」

なに、それ。

「ど、どこで？」

「父ちゃんが交通事故に遭ったっつー話、覚えてる？」

「あ、うん……五歳の時にって、言ってたね」

「そん時、病院で琉羽に会った」

「え？」

病院で？

「わたし、五歳の時の記憶が曖昧で……よく覚えてないんだよね」

「あー……そうなんだ？　でもたしかに、そん時の琉羽は頭に包帯巻いてたし、パジャマ姿だったから入院してたっぽい」

「入院……？」

まったく覚えてない。普通なら断片的《だんぺんてき》に覚えていそうなものだけど、まるでその時の記憶だけがスッポリ抜け落ちているような感覚。まさかわたしの身にそんなことが起こっていたなんて、とてもじゃないけど信じられない。だけど慎太郎がウソをついているようには見えなくて、たぶんきっと、真実なんだろう。

「五歳の俺は父ちゃんが治療を受けてる間、母ちゃんが病院に到着するのをひとりで待ってた。俺、そん時……父ちゃんが死んじゃうんじゃないかって、怖くて震えが止まらなかったんだ」

「……………」

「そしたら……見知らぬ女の子が『大丈夫？』って声かけてきて……泣いてた俺の手をギュッと握って、隣ではげまし続けてくれたんだ。単純だけど、それだけですっげー安心したっつーか。その手が温かくて、ホッとさせられたんだよな」

懐かしむように、どこか遠い目をしている慎太郎の口もとには優しい微笑みが浮かんでいる。

「それが、わたし？」

「うん、まぁ……そういうこと。気づいたらいなくなってたけど、名前も知らない女の子のことがずっと忘れられなかったんだ。だから、小学生になって再会した時はビックリした」

「ウソ……」

わたしは小学生の時が初対面だと思っていた。そんな出来事があったら、忘れるはずがないと思うんだけど。

「マジだって。俺、めちゃくちゃうれしかったんだからなっ」

そうは言うものの、慎太郎はなぜかムッとしている。怒っているというよりも、すねているように見えた。

「それなのに、琉羽は俺のことなんて全然覚えてないし」

「うっ……」

「すっげーショックだったんだぞ」

「ご、ごめん……」

でも、どうしてだろう。まったく記憶にないのは。そんなことって、あるのかな。

「ま、いいけど。俺、そん時に誓ったんだ。今度は俺が琉羽のことをはげましてやる、助けてやる、守ってやるって」

「知らな、かった」

だって、そんなこと……ひと言も言ってなかったじゃん。でも、だから、慎太郎はわたしが小野田くんに意地悪されてる時も、運動会で転んだ時も助けてくれたのかな。

「泣いて情けない姿見せたから、今度はカッコいいとこ見せてやるって……ガキなりに、そんなことばっか考えてた」

照れたようにはにかむ慎太郎。

「だから、俺はなにがあっても琉羽を守るよ」

「なに、それ」

「まだまだカッコいいとこ見せてないし」

「そんなこと……っ」

慎太郎はいつだってわたしにとって救世主で、まぶしすぎる存在だった。

「慎太郎は……今のままでも十分カッコいい」

「え？」

「あ、えと、べつに深い意味はないよ……っ」

わー、カッコいいなんて……なに言っちゃってんの、わたし。恥ずかしくてたまらないんですけど。

「はは……サンキュー」

後頭部に伸びてきた慎太郎の手が、優しくわたしの頭をなでた。月明かりに照らされた慎太郎の横顔に、心臓がトクンと脈打つ。なんなんだろう、この気持ちは。なんでこんなにドキドキするの、苦しいの。

「そろそろバスの時間だな」

スマホで時間を確認する慎太郎。

「え、あ、もう？」

「もう一本遅らせてもいいけど、親、心配するんじゃねーの？」

一気に現実に引き戻された。そうだよ、これから帰らなきゃいけないんだ。気持ちが沈んで、深い闇に落ちていく。帰りたくない。でも、これ以上慎太郎を付き合わせるのも悪い気がする。

「帰ろっか……」

「そうだな」

そしてバス停へ移動すると、ちょうどバスが停車していたので、慌てて乗り込む。するとすぐにバスは動きだした。

「じゃあな！」

「あ、うん。バイバイ」

最寄りのバス停からうちまではすぐ近くだったので、バスを降りたところで慎太郎が手を振った。つられるようにして慎太郎に手を振り返す。とうとう家に着いちゃった……。

はぁ、どうしよう。悩んで立ち止まっていても、無情に時間は過ぎていく。時刻は二十一時五十分。こんなに遅くなるのは初めてで、どうすればいいのかわからず途方に暮れる。

門の外からチラチラと中の様子をうかがうわたしは明らかに不審者《ふしんしゃ》だ。はぁとため息を吐いた時。

「なにをやってるんだ？」

背後から突然声をかけられた。

「⁉」

ビックリして勢いよく振り返ったわたしの目に、怖い顔をしたお父さんの姿が映った。

「こんなに遅い時間まで、なにをしてたんだ？」

「え……いや、あのっ……」

とまどいと焦りで言い訳が浮かばない。お母さんならまだしも、お父さんに見つかるなんて。

「毎日、こんな時間まで遊んでるのか？」

お父さんからの質問に冷や汗が背中を伝う。どんどん質問の幅が狭められて、最後には決めつけるような言い方。

「なにをやってるんだ、まったく」

お母さんと同じだ。わたしがなにを言ったところで聞いてくれない。わかってくれない。お父さんもお母さんと一緒で、最初から疑うような目でわたしを見てる。なにを言ってもムダなんだ。

「…………」

これまでのわたしはそう決めつけて逃げてきた。このままで、いいのかな……。菜月の時と同じようなモヤモヤが胸の中に広がっていく。だけどもう、前みたいな勇気はない。向きあうのが怖い……逃げたい。だってきっと、わたしは嫌われてる。

「とにかく、中に入りなさい」

返事はせずに、トボトボとお父さんのあとを追って玄関に入った。するとすぐにスリッパの音を立てながら、お母さんがやってくる。お母さんはすぐにわたしに気づき、大きく目を見開いた。

「まったく、あなたって子はっ！　親にウソまでついてなにやってたの！」

お父さんを労うよりも先に、お母さんの鋭い声がわたしに向かって飛んでくる。あまりのお母さんの剣幕にビクッと肩を震わすわたし。

「あなたがなにを考えてるのか、全然わからないわ。どうしてそんな子になっちゃったのかしら……？　わたしの育て方の、なにが間違っていたというの……？」

『そんな子になっちゃった』『間違っていた』って、お母さんの中ではすでにわたしはそんな子なんだ。そうだよね。お母さんにとって、わたしは……いらない子。そんなことは最初からわかってる。でもどうして、いちいち傷つくわたしがいるの。

「なんでお兄ちゃんのようにできないのよ……っ」

爪が食い込むほど、拳を強く握る。

「ねぇ、聞いてるの？　あなたがしっかりしてくれないから、お母さんも──」

「だ、だったら……！」

ダメだって頭ではわかってるのに、もう我慢ができなかった。

「わたしなんて生まなきゃよかったじゃん！　わたしだって、こんな家に生まれてきたくなかった！　もっと優しいお母さんがいる家に生まれたかったよ！」

ずっと押し殺してきた気持ちがすんなりと声になった。今まで何度も飲みこんだ言葉が、堰《せき》を切ったようにあふれだして止まらない。

「そしたらお兄ちゃんと比べられることも、大嫌いな勉強を毎日強制的にやらされることも、大好きなバスケをやめることもなかったのにっ！　お父さんとお母さんには、お兄ちゃんさえいればよかったんだよ！　なにをやってもうまくいって、成績だってよくて、自慢の息子で……落ちこぼれのわたしは、なにをやってもダメで……っうまく、いかなくて……っ！」

なんで、で……涙が出てくるの。こんなに苦しいの……。親の前なんかで泣きたくないのに……。

「お母さんはため息ばっかりで……っ。わたしなんて、いないほうがよかったんでしょ？　死にたいって……何度も思ったよ！　だってわたしには、生きてる意味なんてないんだもん！　こんなわたしなんて、死んだほうがいいんだよっ！」

泣きたくなんかないのに、涙がひと粒頬に流れた。でも、もう止められなかった。

「わたしが死んだら……お母さんだって、せいせいするに決まって――っ」

――パシンッ。

乾いた音が響いた。なにが起こったのかがわからなくて頭がフリーズする。頬に感じるジンジンとした痛み。厳しい顔つきで、わたしを見るお父さん。いつも威厳があるお父さんの顔が、さらに厳しくなっている。明らかに怒っているということがわかった。わたしはとっさにジンジンする頬を手で押さえる。

「親に向かってなんてことを言うんだ、お前は！」

今まで聞いたことのないような感情的な声に、ドクドクと鼓動が高鳴る。なに、よ。いつもは、わたしに見向きもしないくせにっ。悔しくて歯を食いしばる。どうしてわたしが叩かれなきゃいけないの。どうしてわたしばっかりが責められなきゃいけないの。

「こんな時だけ……父親面しないでよっ！　どうせお父さんだって、わたしのこと……面倒だって思ってるくせにっ！　だったらもう、放っておいて！　わたしは医者になんかなりたくないのっ！　押しつけられるのは、うんざりなんだよっ！」

気持ちがぐちゃぐちゃで、言いたいことがまとまらない。

もう嫌だ。なにもかも。どうしてわたしってこうなんだろう。もっとうまく立ち回る方法もあったかもしれないのに。こんなふうにしか吐きだせない。だけどもういいや。これ以上親を失望させようと、嫌われようと、どうでもいい……。もう疲れた。ふたりの期待を背負って生きることに。お母さんは呆れてものも言えないのか、さっきからずっと黙り込んでいる。今お母さんになにか言われたら……わたしは……。とっさに振り返って、玄関のドアに手をかけた。

「待て、どこに行くんだ⁉」

「……っ」

お父さんのものすごい剣幕に、一瞬肩がビクッと震えたけれど。もう、わたしに構わないで……！　無視するように、勢いよくドアを開ける。

「⁉」

一歩踏みだそうとしたところで自然と足が止まった。玄関先に、バツが悪そうな表情を浮かべるお兄ちゃんが立っていたからだ。

「聞くつもりはなかったんだけど、帰ってきたらたまたま声が聞こえたからさ……」

お兄ちゃんはそう言ったあと、視線をさまよわせて黙り込んだ。

「皇《こう》……」

お父さんの小さな声がかろうじて耳に届く。わたしはその場から一歩も動けなくなって、気まずい沈黙が流れた。予想外のことに涙はすっかり引っ込んでしまった。

「とりあえず、もう遅いしさ。琉羽も一旦家に入れよ？　な？」

沈黙を破ったのはお兄ちゃんで、諭すようにわたしに言う。なんでもできる完璧なお兄ちゃんは、こんな時の対処にも慣れているらしい。なによ、すました顔しちゃってさ。いつだって正しいおこないをして、優等生のお兄ちゃん。この家ではわたしひとりだけが悪者で、仲間はずれ。その証拠に、お兄ちゃんはどんなに遅く帰ってきても、お父さんやお母さんから咎《とが》められたりはしない。それは高校生の時からずっとそうで、信用されているからだろう。

「琉羽？　突っ立ってないで、お前も早く家に――」

「さわらないでっ！」

ものすごくイライラして、お兄ちゃんの手をパシッと振り払った。素直に……従えるわけないでしょ。

「放っておいてって言ってるでしょ？　こんな時だけ、お兄ちゃん面しないでよ！　こんな家族、大っ嫌い！」

お兄ちゃんを押しのけ、そのまま家を飛びだした。胸がはりさけそうなほど苦しくて、止まったはずの涙が再びあふれてきた。

「はぁはぁ……」

く、苦しい。

ただ闇雲《やみくも》に走っているだけで、どこをどう走っているかがわからない。それでもわたしは、住宅街の中を全力疾走し続けた。公園を過ぎて、次に見えてくるのは小学校。そして、小学校の近くには幼稚園がある。道沿いに進んでいると、なにかにつまずいて派手に転んだ。

「いったぁ……っ」

アスファルトの地面に全身を激しく打ちつける。鈍い痛みが全身を襲った。

「うっ……うぅ……っく」

痛い……痛いよ……っなんで、わたしばっかり……。わたしがなにをしたっていうの。どうしてこんな目に遭わなきゃいけないの。もう嫌だよ……。痛いのは身体だけじゃなくて、心の奥底がヒリヒリうずく。コンクリートの上に伏せたまま、涙が次から次へとあふれ出て止まらない。

「おい、大丈夫か⁉」

「……っ」

「なにやってんだよ、もう。しっかし、派手に転んだなぁ」

頭上から呆れたような声が降ってきた。

「な、んで、来た、の……っ？」

放っておいてって言ったでしょ？　わたしなんかいないほうが、みんなが幸せになれるんだよ。

「なんでって、家族だからだろ？　俺にとって、琉羽は大事な妹だからだよ」

そばで足音がして、全力疾走のわたしを追いかけてきたからなのか、お兄ちゃんの呼吸も乱れている。

「な、によっ……いつも、わたしのこと……っく」

嗚咽がもれてうまく話せない。それでもわたしは、止まらなかった。

「見下してた……くせにっ！」

ずっとお兄ちゃんのことが嫌いだった。

お兄ちゃんさえいなければ……比べられることもなく、もっと楽に生きられたかもしれない。

完璧なお兄ちゃんに、わたしはいつだってかなわなかった。どれだけ努力しても無意味で、いつしか……がんばることをやめてしまった。

お兄ちゃんさえいなければ……わたしだって、がんばることができたんだ。そう、お兄ちゃんさえいなければ……。

「お兄ちゃ、なんて、だい、っぎらい……！」

「……………」

しまいには鼻水も出てきた。

「言いたいことは、それだけか？」

温かくも冷たくもない冷静な声だった。怒っているとかいないとか、そういうのが一切読み取れなくて、泣いてムキになってる自分がバカバカしく思えてくるほどだ。

「おに、ぢゃんが……できる、せいで……わだしまで……っ求められて……っ。同じ、ように、したいのに……でぎないっ……わた、しは……ダメな子で……」

こんなことお兄ちゃんに言ったってどうにもならないのに。それでも誰かが聞いていてくれるというだけで、不思議なことに本音が次々と口をついて出た。

「生まれて……こなきゃ、よかった……生きてる意味なんて……ないっ」

もはや、自分で言ってることの意味がわからない。長年秘めてきた思いが一気に爆発してしまい、言いたいことがありすぎて、うまくまとまらない。わたしはずっと、お兄ちゃんにコンプレックスを抱えて生きてきた。

「おか、あさんは……ひっく。お兄ちゃん、ばっかりで……」

嗚咽が止まらなくて、その場で深く息を吸った。そして落ち着かせようとしてみる。

「わたしの、ことなんて……っ。きら、いで……」

お兄ちゃんはゆっくりそんなわたしの背中をさすってくれた。

「さわらないでっ……て、言ってるでしょ……っ?」

皮肉なことにお兄ちゃんのその遠慮がちな手は、ほかのどんなことよりもわたしの心を落ち着かせてくれる。

「おにい、ちゃんなんて……嫌い……っ。大っ嫌い……」

「そう何度も言うなよ、俺だって傷つくんだからな?」

「……」

ウソつき。バカだって、心の中で笑ってるくせに。

心の中で悪態をつく。お兄ちゃんはそれ以上はなにも言わなかったけど、わたしの背中に置いた手を退けもしなかった。

「お前は真面目すぎるんだよ」

お兄ちゃんはわたしの背中に手を当てたままそんなことを言った。なにを言うの? 真面目すぎる?

それはお兄ちゃんでしょ? 意味が、わからないよ。

「母さんの言葉をまともに聞くから、しんどくなるんだよ。適当に聞き流して、いい子のフリしてりゃ、ここまで思い詰めることもなかったのに……」

「そ、れは、お兄ちゃんが……できるから、でしょ？　適当に聞き流してうまくやれるほど、わたしは……器用じゃないの！」

イライラして思わず顔を上げた。すると、どこか寂しそうな表情を浮かべるお兄ちゃんの顔が映った。

「ま、そうだよな。器用じゃないから、ここまで苦しんでるんだよな」

「……っ」

なんなのよ、ムカつく。やっぱりお兄ちゃんは嫌いだ。

「ほら、立てよ。帰ろうぜ」

「ひとりで帰ればいいでしょ？」

差しだされた手を払い、アスファルトに手をついてゆっくりと立ち上がる。膝がズキンと痛んだけど、気づかないフリをした。

「はぁ？　お前を置いて帰れるわけないだろ。俺が父さんと母さんに怒られるっつーの」

「怒るわけないよ。わたしの心配なんて、するわけないんだからっ。じゃあね」

歩きだすとさらに膝に違和感を感じた。ズキズキと痛い。確認していないけど、きっとケガをしてる。

「こら、待て」

「離してよっ！」

「往生際《おうじょうぎわ》の悪いヤツだな」

「うるさいっ！」

引き止めようとする腕を勢いよく振り払う。もう関わらないで、放っておいてよ。

「どこに行く気だよ？」

「どこだっていいでしょ！　お兄ちゃんには関係ないっ！」

強がってみるものの、わたしには行くあてもなければ、頼れる人もいない。こんな夜にひとりでどうしよう。ズルズルと足を引きずるようにして歩く。

「お前も見ただろ？　母さん、落ち込んでた」

お兄ちゃんは無理にわたしを連れ帰ることをあきらめたのか、ゆっくりとわたしのあとを追ってきた。

「そりゃ、自分の娘にあんなこと言われたら傷つくよ」

うるさい、うるさい、うるさい。お母さんが落ち込むわけないでしょ。そんなこと、あるはずないんだ。

「俺は琉羽の気持ちもわかるし、べつに母さんの肩をもつわけでもないけど……」

「じゃあ、なにも言わないで。お兄ちゃんにお説教なんてされたくない」

「はぁ、強情《ごうじょ》っぱりめ」

「ついてこないでよ」

どうしてわたしにかまうのよ。わたしなんかいてもいなくても同じでしょ？

「お前が家に帰るまでは、這《は》ってでもついていく」

この足じゃ走って逃げることもできない。観念したわたしは、それ以上なにか言うのはやめた。

月夜の闇に

しばらく無言で歩いた。行くあてなんてないから、むやみやたらに住宅街の中を歩く。お兄ちゃんはそんなわたしのあとをなにも言わずに、ついてきた。わたしはいったいなにを……やってるんだろう。これじゃあ家に帰りたくないからと、駄々《だだ》をこねるただの子どもと同じだ。なんだかとてつもなくバカなことをしているような気になって、だんだんとうしろめたさが増してくる。

わたしが悪いの……？

親にウソをついて勝手に出かけたことは悪いと思ってる。だけど……でも、行きたかったんだ。お母さんに言うときっと反対される、そう思ったから黙ってお祭りに出かけた。いけないことだということは頭ではわかっていたし、ただお母さんを説得するパワーがわたしにはなかっただけだ。でも、冷静になって考えてみると、自分がしたことがどれだけ子どもじみていたことかを理解した。

「お兄ちゃんは……いいな」

ついボソッと本音がもれる。もうわたしの中には怒りも憎しみも存在しない。ただ純粋にいいなと思う気持ちだけ。それはもうどうにもならないと悟ってしまった、あきらめにも似た気持ちと同じなのかもしれない。わたしもお兄ちゃんのようになんでも器用にこなせる能力をもって生まれたかった。

「お兄ちゃんには悩みなんて、ないよね……？　死にたいと思ったこととか、逃げだしたいと思ったこととか……ない、よね」

　空を見上げながらひとりごとのようにつぶやく。夜空には三日月が浮かんでいた。どれだけ手に入れたいと願っても、決して手に入らない。

「なに、言ってんだよ。俺だって普通の人間だっつーの。思春期を経て、いろいろ悩むこともあったけどそれなりに乗り越えてきたし、なにもなかったわけじゃない」

「それは、そうかもしれないけど……お兄ちゃんみたいにうまく生きられたら、わたしだって……」

　こんなに苦しまずにすんだんだ。

「俺は琉羽がうらやましいけどな」

「はぁ？　なんで？」

　思わず鋭い目を向ける。そんなことを言うお兄ちゃんが理解できなかった。

「なんでって……俺はお前以上に期待されてプレッシャーがハンパなかったんだぞ？」

　お母さんにあれだけ期待を寄せられていたら、それも当然のことなんだろう。だけどお兄ちゃんは、余裕しゃくしゃくでなんでも器用にこなしていたじゃん。たいした努力をしなくても、なんでもそつなくこなす優等生。それは今も変わらず、順風満帆な人生を送っている。それが、わたしのお兄ちゃん。そんな目を向けると──。なぜかはぁとため息を吐かれた。

「俺はなぁ、努力してる姿とか、がんばってる姿を人に見せるのは嫌なんだよ。だって、カッコ悪いだろ？　こんなにがんばったんだから、一位を取れて当たり前みたいに他人に言われるのも嫌だし、自分でこれだけがんばってるって自分に酔ってるみたいなのも嫌だし。そんなふうにしてたら、周りからはいつの間にかできて当然っていう目で見られるようになって、失敗は許されなくなった」

いつになく真剣な表情のお兄ちゃんのこんな顔は初めてだ。

「親や親戚、友達やクラスメイト、それに先生。さらには近所中までもが、俺をそんな目で見てやがる。気の抜ける時なんてなくて、いつも周りの目を気にしなきゃいけない。琉羽には理解できないかもしんないけど、俺だって苦しかったんだよ」

「………」

「だからなんだっていうわけじゃないけど、俺はそこまでそつなくこなせる人間じゃない。だから、そこだけは誤解すんなよな」

知らな、かった。お兄ちゃんが陰で努力してて、ものすごいプレッシャーに耐えていたなんて。そんな姿をちょっとでも見せることなく、いつも幸せそうに笑ってたから。でも、それはうわべだけだったんだ……。

「でも、今日はお前の本音が聞けてよかったよ」

「な、よかったって……」

「だってお前、いっつも不貞腐《ふてくさ》れたような顔して、絶対になんかあるんだろうなって思ってても、なんも言わねーんだもん。最初から全部あきらめたような顔して、言いたいことを我慢してるんだって思ってた」

「……っ」

「ま、俺を恨んでたことも知ってたけどな」

「そ、それは……っ」

「いいんだよ、琉羽の気持ちもわかるって言ったろ？」

お兄ちゃんはわたしよりもはるかに大人で、あれだけひどいことを言ったわたしに優しく諭すように話す。

「俺はそんな琉羽のことが心配だったんだ。でも今日、言いたいこと言ってるお前見て安心した。少々、内容に問題はあったけど、母さんにあそこまで言わなきゃ伝わらないのも事実だし」

「………」

わたしはどれだけ子どもだったんだろう。いつだって、自分のことばかり……。お兄ちゃんが置かれている状況なんて考えたこともなかった。いや、知ろうとしていなかったんだ。わたしばっかりがツラいと思っていたから。自分ばっかりが、悲劇のヒロインだと思ってた。バカだ……わたしは。優等生でい続けるために、お兄ちゃんはどんなに努力したんだろう。どんなに苦しかったんだろう。プレッシャーに押しつぶされはしないかと、眠れない夜もあったのかもしれない。緊張でごはんが喉を通らなかったり、勉強で一夜を明かしたこともあるのかもしれない。わたしは嘆くばっかりだった。そんな自分が情けなくて、恥ずかしくて……。引きずっている右足の膝がズキッと痛んだ。

「……っ」

思わずその場にしゃがみ込んで痛みに耐える。

「おい、大丈夫か？」

「う……ううっ……」

痛い。ヒリヒリ、ズキズキする。必死に唇を噛みしめて、痛みをこらえた。

「大丈夫じゃ、ねーな。よし、乗っかれ」

「ええっ、な、なに言ってんの……」

お兄ちゃんは広い背中をわたしに差しだす。そしておんぶの格好をして、うしろに手を伸ばした。

「む、無理……大丈夫、歩けるからっ……っいたっ」

立ち上がるとさっきよりも強烈な痛みが走った。これは本格的にやばいかもしれない。

「痛いくせに無理するんじゃねーよ。素直じゃねーな」

「ちょ、ちょっと……」

なかば強引にお兄ちゃんはわたしの腕を引いて背中に乗せると、軽々と立ち上がる。

「わっ、危ないって」

「だーいじょうぶだって。しっかし、お前細すぎだろ。ちゃんと食ってんのか？」

歩きだしたお兄ちゃんの背中に、わたしは渋々全体重を預けた。そして両手でギュッとお兄ちゃんの肩をつかむ。なんだかすごく恥ずかしくて、背中におでこをくっつけて固く目を閉じた。なんだろう、安心する。大嫌いだったはずなのに、どうして……。

「お兄ちゃん……」

「ん？」

「ごめん……なさいっ……」

「なんだよ、やけに素直じゃん」

クスクス笑っているのが気配でわかった。

「悪いと思ったら謝る……これ、わたしのポリシー」

「ぷっ、なんだそれ」

「わ、笑わないでよ……っ」

「ああ、ごめんごめん」

「思ってないくせにっ」

「あはは」

大人の余裕っていうやつなんだろうか。お兄ちゃんはいつまでも笑うのをやめない。今までで一番、お兄ちゃんと本音で話せているような気がする。

「いいかげん笑うのやめてよ」

「はは、琉羽と兄妹ゲンカする日がくるとはなぁ」

「兄妹ゲンカって……」

「うれしいんだよ、お前が本音で話してくれることが」

「お兄ちゃんは……わたしのこと、どうでもいいと思ってたんじゃないの？」

「そんなふうに思ってたら、今ここにいないだろ」

「それ、は、そうかもしれないけど……」

「琉羽は俺の大事な家族で、妹だよ」

「……っ」

なんなんだ、これは。胸がジーンと震えて熱くなる。止まったはずの涙が、再び浮かんだ。

「皇！　琉羽っ！」

家の近くまで来た時、バタバタと走ってくる足音が聞こえた。

「母さんだ。お前が走って出ていったあと、追いかけようとしたのを俺が引き止めたんだ。きっと、心配してる」

「お、下ろして」

「でも、足が」

「いいからっ」

こんな格好を見られたら、またなにを言われるかわからない。お兄ちゃんに迷惑をかけてなにやってるのって言われるに決まってる。

わたしはお兄ちゃんの背中から飛び降りるようにして地に足をつけた。右膝にビリビリと電流が流れるような激しい痛みが襲ったけど、今はそんなことはどうでもよかった。

「琉羽っ！」

――ドクドク。

――ドクドク。

心臓の音がやけに耳につく。なんて言われるんだろう。きっと……怒られる。家族に迷惑かけてって……呆れられる。一歩も足が動かなくなって、その場に立ち止まる。だけどお母さんはどんどん距離を縮めてきた。そして息を切らしながらわたしの前で足を止める。

遠くにはお父さんの姿もあった。

「あんたって子は……っ、ほんとに……なに、やってるの……」

もう、終わった……完全に。嫌われた、絶対に。見離された、確実に。

「どれだけ……心配させれば……気が、すむの……っ」

だけどわたしの思惑とは裏腹に、お母さんの顔が苦痛に歪む。そして、なにかをこらえるように歯を食いしばるお母さん。いつも冷静沈着《れいせいちんちゃく》な瞳が、とまどうように揺れている。

その目にはどんどん涙がたまっていき、頬に流れた。

「おか、さん……？」

なんで、泣くの……？

「いつも、いつも、いつも……どう、して」

お母さんは両手を伸ばしてわたしに近寄ってくる。どうすることもできずに、ただただ固まることしかできない。今までに見たことのないお母さんの姿に、このあとに待ち受ける行動がわからなかった。

ギュッ。

えっ？

信じられなくて、目を見開いたまま固まる。お母さんが……わたしを抱きしめてる？

パニックになりそうな頭でわかるのはそれだけ。

「死にたい……なんてっ。あんたは……っなんてこと……言うの……」

最初は遠慮がちだったお母さんの腕が、キツくキツくわたしを抱きしめる。

えっと……頭をフル回転させる。こんな状況になっていることが信じられなくて、どうすればこんな結末にたどり着くのかいくら考えてみてもわからなかった。

「おか、さん……知らなかった……そこまでっ、琉羽を追いつめて……いたなんてっ」

お母さんの悲痛な声が耳もとで聞こえて、なんだかよくわからないけど……とても苦しい。

「おね、がいだから……っ死にたいなんて……言わないで……っ」

ウソ、でしょ。お母さんがそんなことを言うなんて。わたしのためを思って泣くなんて、なにかの冗談なんでしょ？　ねぇ……だって、ありえないよ、こんなこと。

「母さん、とりあえず一旦家に入ろう」

いつの間にかお父さんがそばにいて、泣き続けるお母さんの肩を叩いた。放心状態のわたしは、ズキズキとした膝の痛みでハッと我に返る。

「う……いった」

立っていられなくなってその場に崩れ落ちた。そして右膝を抱えてうずくまる。

「どうしたの⁉」

「転んでケガしたんだよ。右膝が痛むらしい」

わたしの代わりにお兄ちゃんが答える。

「ちょっと見せてみなさい」

お母さんは同じようにしゃがんで、わたしのズボンの裾を下からめくろうとした。

「……っ」

服が擦れるだけでも痛くて歯を食いしばる。

「ち、血まみれだわ」

黒のズボンだったからわからなかったけど、お母さんの手がまっ赤に染まった。

改めて見ると右足首にまで血が滴《したた》り落ちて、サンダルにもべっとりと血がついている。

どうやら、思っていたよりも重傷らしい。

「無理にめくらないほうがいい。とりあえず家に入るんだ」

職業病というのだろうか。医師の顔を覗かせるお父さん。

「そ、そうね、琉羽、立てる？」

お母さんもしっかりとした顔つきになって、さっきまでの弱々しい姿は跡形もなく消え去った。

小さく首を振ってSOSのサインを出すと、お父さんとお母さんがわたしの両脇から身体を支えてくれた。

玄関先で傷口を見たお父さんが眉を寄せた。わたしは怖くて見ることができず、顔をそむける。

「パックリ割れてるな。十センチくらいか。縫合が必要だ。医療用ステープラーでいけるか微妙なところだな」

「ええ、そうね。傷が残らないようになるべくそれがいいわ。でも、意外と深いから、ステープラーじゃ厳しいかもしれないわ。そうなると縫わなきゃ……」

恐ろしい単語が飛び交う。そこまで深い傷っていうことなんだろう。

「いずれにせよ麻酔が必要だから、病院に行く必要があるわね」

「そうだな。タクシーを呼ぼう。皇、電話してくれ」

「了解っと。スマホスマホ」

お兄ちゃんがポケットからスマホを出して電話をかける。

「タ、タクシー……ええ、そう、ね……琉羽の、ためだもの」

さっきまでお父さんと対等に話していたお母さんは、タクシーという単語にひどく動揺しはじめた。

いったい、どうしたというんだろう……。だけど今は痛みでそれどころじゃない。

お父さんが応急処置を施してくれている間に、タクシーが家に到着した。うちには車がないから、緊急時でもタクシーや公共交通機関で移動するしかない。

「母さんは家にいなさい。俺が琉羽を連れていく」

「で、でも……」

「心配するな、大丈夫だ。俺がついてる」

「え、ええ……そうね。じゃあお願いします……」

「ああ」

わたしはお父さんとお兄ちゃんに支えられながら、なんとかタクシーに乗り込んだ。

「帝王《ていおう》付属大学病院まで」

お父さんが運転手さんに行き先を告げると、タクシーはゆっくり発車する。心配そうな表情を浮かべたお母さんの顔が窓枠から消えた。

気づくとお父さんとふたりきり。車内に会話はなく、タクシーの運転手さんが無線で会社に行き先を告げている。わたしは窓の外に目を向けて、流れ行く景色をボーッと眺めていた。

「痛むか？」

「え、あ、少し……」

お父さんは前を向いたまま、視線だけをわたしに向ける。いつもの厳しい顔つきは変わらないけど、その目からは心配してくれているであろうことが伝わってきた。

「大丈夫だ、十五分もあれば処置は終わる。痛いのは麻酔を打つ時ぐらいだ」

「ま、麻酔……それって、注射？」

「ああ、そうだ」

げげっ、やっぱり……。

「局所《きょくしょ》麻酔用の細い針だから、大丈夫だ」

そういう問題じゃない。針で刺されることには変わりないんだから。ううっ、怖いよ。

「父さんがついてるから、大丈夫だ」

わたしの気持ちを察したのか、お父さんがつぶやいた。抑揚《よくよう》のない声で、感情は読み取れない。

タクシーは十分ほどで病院に着いた。お父さんの働く大学病院だ。車椅子に乗せられたわたしは、夜間受付横の職員用の出入り口から中に入ると、待合室を通過することなく裏から診察室へ通された。

忙しそうにバタバタする看護師さんや当直医の先生。救急外来は夜も遅いというのに、患者さんが途切れることはないらしい。

「佐上先生？　どうされたんですか？」

お父さんよりも年上の年配の看護師さんらしき人が、お父さんに気づいて声をかけてきた。

「師長、悪い。家族の緊急事態なんだ。第一診察室を借りるよ」

「ええ、かまいませんよ。まぁまぁ、お嬢さんですか？」

「えっ、佐上先生のお嬢さん？」

「うーわ、マジっすか？」

車椅子にちょこんと乗ったわたしに注がれるたくさんの視線。救急外来にいるスタッフが、マジマジとわたしを見つめる。うう、恥ずかしい。

「きゃあ、かわいい！　美人な奥さん似ですね！」

「先生の奥さんって、たしか昔ここで救命医だったたんっすよね？」

「そうそう、かなりの美人だったんだよ。佐上先生が惚れこんで、猛アタックして落としたっていうウワサの」

「すごい！　ロマンチックですねっ！」

寡黙《かもく》なお父さんに寄せられるたくさんの視線。それはどれも好意的なもので、わたしはあっけに取られた。それに話の内容も……。

「さぁさぁ、私語はそれくらいにして夜はこれからですよ。しっかり働いてくださいな」

師長さんの声かけに、それまで集まっていた人が蜘蛛《くも》の子を散らすように去っていく。

お父さんは別室にわたしを連れてくると、ようやくそこでひと息ついた。

「お手伝いしますよ、さすがの佐上先生もおひとりではどうにもならないでしょう」

「助かります」

そこに現れたのはさっきの師長さんだった。わたしの右膝の傷を見た師長さんは、お父さんが指示するまでもなく、必要な物品を手際よく準備していく。

まさに阿吽《あうん》の呼吸。麻酔からものの数分で処置は終わった。

──ガラッ。

「佐上先生、すみません！　灰田《はいだ》さんがＶＦで波形がかなり乱れてますっ！　当直の岸田《きしだ》先生は先ほど到着した救急車の患者さんの救命処置で手が離せなくて……！」

「わかった、すぐに行く」

「た、助かりますっ！」

お父さんはバタバタと診察室から出て行った。緊迫感が伝わってくる命の現場。お父さんが行かなきゃ、患者さんの命が危ないということなんだろう。初めて目の当たりにしたお父さんが働く現場。人の命を預かるという仕事を決して甘く見ていたわけじゃない。だけど重んじていたわけでもない。大変だなと思うくらいだった。

「佐上先生、いや、あなたのお父さんはね、無口で無愛想《ぶあいそう》でしょう？　でも、つねに第一に患者さんのことを考えている立派な先生なんだよ」

師長さんに車椅子を押されながら、第一診察室を出る。わたしの目に飛び込んできたのは、処置台の上で横たわる意識のない患者さん。お父さんは必死に、目の前の患者さんの命を救おうとしていた。

「除細動《じょさいどう》行くぞ。離れてっ」

テレビで見たことがある光景にビクリと心臓が跳ねる。ここはドラマでもなんでもない、本当の命の現場。

「戻ったか？　ダメだ、もう一回。チャージしてっ」

「はいっ」

師長さんはゆっくり車椅子を押して、わたしをナースステーションへ連れていく。わたしはお父さんの姿をいつまでも目に焼きつけた。

「不器用な人だから勘違いされやすいかもしれないけどね、いい先生だよ。スタッフからもすごく信頼されている」

そう言った師長さんの言葉がいつまでも頭の中に残っていた。

帰りのタクシーの中、時刻はすでに〇時を回っていた。お父さんはあれから三十分もしないうちに、わたしのもとに帰ってきた。患者さんはどうやら危機を脱したらしく、安堵《あんど》の表情を浮かべるお父さん。いつもと変わりないお父さんだけど、これまでに感じていた苦手意識はもうない。いつの間にか消えていた。

「お父さん……」

「なんだ？」

「ごめん、なさいっ……」

「どうして謝る？」

「さっき……ひどいこと言っちゃったから」

お父さんとお母さんに向かって『死にたい』なんて言ってしまった。命の現場で働くお父さんにとって、その言葉がどれだけ重い言葉なのかということをさっきの一瞬で理解した。命に対してまっすぐ向きあうお父さんに言うべきことじゃなかったんだって。罪悪感でいっぱいになる。

「わ、わたし……死ぬっていうことを、よく理解してなかった……軽く捉えて……甘く、見てたの。だから、ごめん、なさいっ……」

ツラくて、苦しくて、涙が出た。お父さんがわたしのことをどう思っていようと、いなくなればいいだなんて思うはずがない。

「いや、俺のほうこそすまなかったな……仕事ばかりで、お前が苦しんでいることに気がつかなかった……」

「当然だよっ……お父さんの仕事は、大変だもん。さっきのお父さん……すっごく、カッコよかった……」

静かに涙をぬぐうと、お父さんはしばらくの間黙り込んだ。目頭を押さえながら、ズズッと鼻をすするお父さん。

「まいったな……琉羽に、そんなことを言われる日がくるとは……っ。さっき叩いてしまってすまなかった」

「お、とさん……」

やだ、泣かないでよ、どうして……。わたしはお父さんに嫌われていると思ってた。でも、そうじゃない。そうじゃなかったんだ。そう考えたらよけいに涙があふれて、車内は鼻をすする音だけがひびいていた。

「ねぇ、お父さん……さっきお母さん様子が変だったけど……なにかあるの？　タクシーっていう言葉に動揺してたよね？」

しばらくして涙が落ちつくと、お父さんに疑問を投げかけた。

「ああ……実は、母さんはな」

それからお父さんはお母さんのことについて話してくれた。うちには昔、車があって、お父さんもお母さんも免許を持っていたこと。お母さんと五歳のわたしが車に乗っていた時に事故に遭い、わたしは頭を強く打って意識を失った。わたしが死んでしまうのではないかという不安と恐怖に駆られたお母さんは、その時のことがトラウマになり、以来、車に乗るのが怖くなって、タクシーはおろか、バスにも乗れなくなってしまったんだとか。わたしは五日間病院に入院し、三日目に目を覚ました。お母さんは三日三晩ずっと泣き続けていたという。目を覚ましたわたしは事故のことを一切覚えておらず、事故前後の二カ月ほどの記憶を失ってしまったことまでお父さんは話してくれた。知らなかった、そんなことがあったなんて。

「琉羽はしばらく、入院中に出会った男の子の話をしていたよ」

「入院中に出会った男の子……？」

「ああ。泣いてたから、手を握ってはげましてやったんだって、得意げにな。琉羽はその男の子のお父さんの処置をしていたのが、俺だということを知っていたんだ」

もしかして、慎太郎のことを言ってる……？

交通事故に遭った慎太郎のお父さんの処置をしたのが、うちのお父さん……？　なにそれ、すごい偶然。

「わたしのお父さんが絶対に助けてくれるから、大丈夫って言ってはげましたって言ってたぞ」

その時のことを思い出しているのか、お父さんが口もとをゆるめた。

「わたし、そんなこと言ったんだ……覚えてないや」

だけど、慎太郎が言ってたことは事実だったんだ。それでも思い出せないけれど。

「だから、母さんは琉羽がいなくなればいいなんて……思ってるはずがないんだ。もちろん俺だって、そんなことを思うはずがないだろ？」

「うん……そうだね。帰ったら、ちゃんと謝るから」

「ああ。それと、お前はお前で、好きなことをやればいい。誰にも遠慮なんかする必要はないんだ。母さんの期待が大きすぎたという点も否めないが、これまであきらめてきたのは、琉羽自身が出した答えだろう？」

「…………」

そうだ。わたしは自分の思いを口にする前から全部をあきらめて、無理だって、言ってもわかってもらえない、反対されるって決めつけて、伝えることをしてこなかった。ちゃんと向きあってこなかったわたしも、悪かったんだ。真剣に話せばわかってくれたかもしれないのに、そうしないことを選んだのはまぎれもなくわたしだ。

「親は子どもの幸せを願う生き物なんだ。生きてさえいてくれたら、それだけで十分なんだよ」

「……っ」

お父さんの言葉に、頭を鈍器で殴られたかのような衝撃が走る。生きてさえいてくれたら……って。そうだ、わたしは、もうすぐいなくなるんだ。

芽生えはじめた想い

あれから一週間。なんだかぼんやりしたまま、時間だけが過ぎていった。

「よっ、なにやってんだ?」

「夏期講習の帰り道、自転車を漕ぐ気になれなくて押して歩いていたわたしの肩を、誰かがポンと叩いた。振り返るとそこには、部活帰りだろうか。スポーツバッグを斜めにかけて、汗だくになっている慎太郎の姿があった。

夏期講習の帰りだよ」

「ふーん、なんでチャリ押してんの?」

「なんだか、漕ぐ気になれなくて」

「はは、なんだそれ」

あたりが夕日でオレンジ色に染まる帰り道。慎太郎の横顔が優しく微笑む。慎太郎が隣にいるというだけで、ドキドキして落ち着かない。

「俺のツブヤイター見てる?」

「え、あ、たまに……でも、くだらないことしかつぶやいてないでしょ?」

「は? くだらなくねーし。つーか、見てんなら反応しろよ。コメント残すとか、連絡寄こすとかさ。この一週間、ムダに過ごしてたのかよ？」

なぜだかふくれっ面の慎太郎は、明らかにすねているのがわかる。

「そういうわけじゃないけど……っていうか、ひとりごとみたいなのにコメントとかいらないでしょ。実際、誰もコメントしてないじゃん」

「なんだよー、冷たいヤツだな。寂しいっつってんのに……」

「え」

寂しい……？

「ま、いーや。今から時間ある？」

「今から……？」

「腹減ったし、ファミレス寄って帰ろうぜ」

ちょうど前を通りかかったその時、慎太郎が顎でクイッとファミレスを指した。

「時間はあるけどお金持ってないから、ドリンクバーしか付き合えないよ？　それでもいいなら」

「バーカ、俺が誘ってんだからお前はそんなこと心配しなくていいんだよ。ほら、行くぞ」

そう言って慎太郎はわたしの自転車を奪うと、少し離れた所にある駐輪場に停めに行く。

わたしは赤くなりながらそんな慎太郎の姿を見つめていた。

「俺、ハンバーグとエビフライと目玉焼きのセット。琉羽は？」

「え、えっと……」

どうしよう。所持金わずか五百円じゃ、たいした物は食べられない。慎太郎は心配しなくていいって言ってくれたけど、そんなわけにはいかないよ。メニュー表をじっと見つめる。

「食いたい物選べよ」

テーブルの上に両肘《りょうひじ》をついて、優しい眼差しを向けてくる慎太郎。店内は同じように部活帰りの学生や、塾帰りの中高生が多くざわざわとしている。それよりも、さっきから慎太郎に集まる女の子からの視線がすごい。

「ほ、ほんとに、いいの？」

「いいっつってんのに、なに遠慮してんだよ。そんなに俺が頼りなく見えるのか？」

「いや、そういうわけじゃ……」

なんだか甘えるのは悪い気がするんだよ。それに周りの視線も気になる。一緒にいるのがわたしみたいなので、申し訳なく思えた。

「お待たせいたしました、トリプルハンバーグがおふたつと、ライスでございます」

結局わたしは慎太郎と同じ物を注文した。熱々の鉄板の上に乗せられたハンバーグがジュージューと音を立てている。お腹が空いていたこともあって、さらにおいしそうに見えた。

「わー、いただきまーす」

ファミレスなんていつ振りだろう。ずいぶん久しぶりな気がする。

「うーん、おいしいっ！」

ナイフとフォークでハンバーグを切り分け、口へ運ぶ。てっきり食べていると思っていた慎太郎は、そんなわたしをまっすぐに見つめていた。

「なに？」

「いやぁ、幸せそうに食うなって」

「そう？　でも、おいしいから。早く食べなきゃ、冷めちゃうよ？」

「わーってるよ。いただきまーす」

慎太郎はあれよあれよという間にハンバーグを口の中に放り込む。しばらく無言で食べた。

ようやくお腹が落ち着いた頃、ちょうどわたしたちのテーブルの横を制服を着たふたり組の男子が通りかかった。

「お、慎太郎じゃん」

そのうちのひとりが慎太郎に気づいて笑顔を見せる。

「うおっ、マジだ。慎太郎だ。久しぶりー！」

爽やかで知的な感じのイケメン男子と、坊主頭のいかにも野球部っぽい男子。慎太郎も「おお」と驚きながらも、笑顔を浮かべる。

「元気かよー？」

「中学ん時以来だなぁ」

なんていう会話をこっそり聞いていた。中学の時の同級生？　そういえば、なんとなく見たことがあるような気がする。

しばらく話したあと、ふたりはわたしに気づいた。

「あれ？　あれあれあれー？」

「もしかして、慎太郎の彼女さんですかー？」

ふたりがニヤッとしながら慎太郎をからかう。違います、と言おうとしてやめた。こういう時は、否定すればするほど怪しまれるもんね。

「あれ、っていうか、もしかして佐上さん？」

「え？　マジ？」

「おーい、慎太郎ちゃーん！　抜けがけはないんじゃねーの？」

「お前ら、マジうっせー。さっさと散れ」

「俺らにはやめとけみたいなこと言っといてっ！　てめぇはちゃっかりいい感じになってんじゃねーかよ」

「う、うっせーな。マジで黙れって」

「お、赤くなってやがる。こいつ、わかりやすっ。まさか、あん時俺らにやめとけっつったのも、お前が狙ってたからか？　あんな男みたいなヤツ、絶対にないって言ってたよなぁ？」

「うっ、うっせーって……」

話がよくわからないけど、慎太郎はなぜだかすごく焦っている様子。それになんとなく心当たりがあるような。

「ほう、そういうことだったわけか。なーんかおかしいと思ったんだよなぁ。佐上さんを俺らに奪われたくなかったのかよ。ま、佐上さんはモテてたしなぁ。お前が牽制《けんせい》する気持ちもわからなくはない」

「頼むから……マジでやめて。どっか行けよ」

慎太郎はとうとう、赤くなってうつむいてしまった。

「おっと、悪い悪い。これくらいで勘弁《かんべん》してやるか」

「そうだな、じゃあ、またな！」

ふたりは手を振りながら去っていった。慎太郎との間に変な空気が流れる。

「なに、今の……」

ものすごく鮮明に残っている記憶。それは中学二年生の時に、慎太郎が友達と話していた内容。

「なんでも、ねーよ……っ」

その割には赤くなってますけど……。なんだか、これって、いや、まさかね……。そんなわけ、ないよね。

「アイツら……マジで、今度しめる」

慎太郎のつぶやきはきっとひとりごとなんだろう。でも、ここまであからさまに態度に出されると……わたしまでなんだか恥ずかしい。違う、そんなはずはないって、何度も自分に言い聞かせた。

「はぁ」

しばらくぎこちない空気が流れたあとに聞こえたのは大きなため息。

「わかる、だろ？」

「えっ？」

ゆっくりと顔を上げた慎太郎は、誰が見てもわかるほどにまっ赤だった。

「俺の、気持ち……アイツらが言った通り」

「……っ」

「俺は……初めて会った五歳の時から……琉羽のことが」

ウソ、だ。そんなわけ、ない。

「好き、なんだ」

慎太郎の言う好きの意味が、友達としてじゃないってことくらいわかる。

「中学生になってから急に大人っぽくなりやがるし、クラスの男たちがお前のこと『かわいい』って……あの時だって、アイツらに琉羽を取られるんじゃないかって、内心すっげー焦ってた。だから、アイツらが琉羽に近づかないように、思ってもないひどいことを言った」

あの日、わたしの世界が音を立てて崩れた日。わたしは慎太郎に嫌われているんだとばかり、思っていた。それなのに……慎太郎が、わたしを好き……？

「べ、べつに、今すぐ付き合おうってわけじゃないし。でも……考えといて」

固まるわたしに、視線を泳がせながら逃げ道を作ってくれる慎太郎。そんな余裕なんてないはずなのに、わたしのことを考えてくれている証拠だ。

「返事は……いつでも、いいから」

「え、あ……う、ん」

とまどいながらも、なんとか返事をする。初めての告白、それも相手はあの慎太郎。ウソみたいなことだけど、ウソじゃなくて。その夜、わたしはなかなか寝つけなかった。

それから一週間が経った。右膝の傷はすっかり完治して、幸《さいわ》いなことに跡も残らなかった。

「琉羽、起きてる？」

コンコンと部屋のドアがノックされた。目は覚めていたけど、なかなか起き上がることができなかったわたしはのそのそとベッドから出て部屋のドアを開ける。

「お、おはよう」

「おはよう、朝ごはんできてるからいらっしゃい」

「あ、うん」

病院から帰った夜、お母さんは寝ずに起きて待っていてくれた。先に謝ってきたのも、お母さんのほう。つられるようにわたしも謝り、あれからぎこちないながらもなんとか関係を築けている……と思う。今までの溝《みぞ》がすぐに埋まるかと聞かれたら、決してそうじゃないけれど。それでもお母さんはわたしに勉強しろとは言わなくなった。お兄ちゃんと比べることも、もちろん、わたしに対してため息を吐くことだってない。ものすごく気を遣ってくれていることが、ひしひしと伝わってくる。心の中ではどう思っているかはわからないけど、お母さんなりに変わろうとしているのが伝わってくる。だから、わたしも変わらなきゃ。もう逃げてるだけの自分は嫌だ。自分なりに目の前のことと向きあって一生懸命考えなきゃ。

「お、お母さん……！」

「どうしたの？」

「今日、学校の友達、あ、菜月って子なんだけど、一緒にパフェ食べてきてもいいかな？」

　顔色をうかがうようにビクビクしてしまう。

「とにかく下へいらっしゃい」

　お母さんはビックリしたように目を見開いたあと、優しく微笑んだ。言われた通り、とりあえず一階へ下りて、ダイニングへ入るとお父さんとお兄ちゃんがスタンバイしていた。いつもなら先に食べてるのに、今朝はわたしを待っていてくれたらしい。ふたりに挨拶してから食卓に着くと、お兄ちゃんはいつも通りに、お父さんは新聞からわたしに視線を移して「おはよう」と小さく声を出す。朝、いつもは忙しなく動いているお母さんも、お父さんの隣に座り「全員そろったからいただきましょうか」なんて言いながら笑っている。家族全員で朝ごはんって、なんだかちょっと照れくさい気もするけど……。でも、うん、あれだよ、悪くない。

　手を合わせて箸を持つと、目の前のお母さんがおずおずとわたしに千円札を三枚差しだした。

「これで足りるかしら？」

「え？」

「お友達とパフェを食べに行くんでしょ？　十九時までには、帰ってらっしゃい」

「なんだ、出かけるのか？　そしたら、これも使いなさい」

お父さんがズボンのポケットから財布を取りだし、わたしに五千円札を差しだす。

「え、え？」

「まぁ、あなたったら五千円は多すぎるわよ」

「し、しかしだなぁ、今時の女子高生は遊ぶのにもなにかとお金がかかると師長が言ってたぞ」

「あら、そうなの？　ムダ遣いしないようにね」

目の前のやり取りを呆然《ぼうぜん》と見つめる。あっさり認めてくれたうえにお小遣いまでもらえるなんて、拍子《ひょうし》抜けしてしまう。今までお父さんとお母さんと、ちゃんと向きあってこなかったけど、自分のことを理解してもらうことは、こんなに……こんなに簡単なことだったんだ。

「よかったな。父さん、俺にはそんな大金くれたこともないよ」

お兄ちゃんが隣で笑った。ほのぼのとしたどこにでもあるような家族の風景。胸がジーンとして、そして、激しく締めつけられる。ジワジワと涙さえ浮かんできた。心の奥底からふつふつとわき上がる感情にフタをする。泣かない。泣いちゃいけない。死にたくない、なんて、そんなこと……望んじゃいけない。

「なんだか元気ないね。夏バテ？」

スプーンで生クリームをすくい口へと運ぶ菜月。今日もサラサラのポニーテールがかわいく揺れている。

「琉羽？」

「あ、ううん、夏バテじゃないよ」

「じゃあ、悩みごと？」

「まぁ、そんな感じかな」

「ズバリ、井川くんとなにかあったでしょ？」

「えっ⁉」

目の前の菜月は確信をもったような笑みを浮かべていて、わたしはさらにあたふたしてしまう。

「そそ、そんなわけないじゃん！」

慎太郎の名前が出ただけで、一瞬で身体中の血液が沸騰したように熱くなる。

「ほんとかなー？」

「うっ……」

告白されたなんて、慎太郎のことを好きかもしれない菜月には言えない。

「井川くんって、モテるよね。実はあたしも、中学の時に告白したことがあるんだぁ」

「えっ？」

えへへっとかわいく舌を出して笑う菜月。

「あ、でもね、ふられてる。小さい頃からずっと片想いしてる相手がいるからごめんって」

「ウ、ウソ……」

おかしいよ、慎太郎は。こんなにかわいい子をふるなんて。菜月は今は吹っ切れているのか、あっけらかんと話してくれたけれど。もしかすると、わたしのため……？

「それが誰なのかはすぐにわかった。井川くんって、わかりやすいんだもん」

菜月はクスクスと笑ってるけど、その笑顔はなんだか寂しげだ。

「あたしはふたりがうまくいけばいいなぁと思ってるから、応援してる」

「菜月……」

完璧に気づいてる。慎太郎の好きな人がわたしだということに。どう言っていいかわからずに、チョコパフェをスプーンですくって口に入れた。ほろ苦いビターなチョコと、ほのかに甘い生クリームが絶妙にマッチしていてとてもおいしい。

慎太郎のことを考えると、夜も眠れないほどドキドキして、告白された時も……うれしいって、思ってしまった。でも、だけど、わたしに残された時間はあと一カ月。一カ月後には、死んでしまうんだ。

「あ、ねぇねぇ、このあと本屋さん巡りでもする？」

菜月は話題を変えて楽しそうに笑った。わたしが黙り込んだのを見て気を遣ってくれたんだ。

「そうだね」

「わーい、琉羽とお初の本屋さん巡りだぁ！　楽しみー！」

こんなにいい子なのに……慎太郎はバカだよ。ジワッと涙が浮かんで、わたしはそれを隠すようにパクパクとパフェをほおばった。パフェを食べ終えてお店を出ると、入道雲がかかる真夏の空にはギラギラとした太陽が浮かんでいた。涼《すず》んだばかりだというのに、少し歩いただけで汗が出てくる。菜月は終始《しゅうし》テンションが高くて、わたしはそんな菜月にうまく笑顔が返せずにいた。

駅の隣の本屋さんに着くと、わたしたちとすれ違いざまに中から人が出てきた。うつむき気味に歩く女子高生くらいの女の子。ヨタヨタとした足取りで、ガリガリに痩せている。すれ違う時に肩と肩がぶつかり、わたしは軽く頭を下げた。

「す、すみません」

「ちっ」

お互い様だと思う。だけど、舌打ちされた挙句、思いっきり鋭い目で睨まれた。身なりなんて気にしないボサボサの前髪で顔が隠れていたから、気づくのが遅れたけど……。

「み、美鈴……？」

「人の名前を気安く呼ぶんじゃねーよ！」

「ご、ごめん……」

とっさに謝ってしまった。だけど、これが本当にあの美鈴なの？　優里を見習ってオシャレにしてたのに、スッピンだし、目の下のクマがすごい。顔色も悪くて、どこか不健康にも見える。夏休み前に比べると、まるで別人みたいだ。

「仲良しこよしごっこなんかしやがって……うぜーんだよっ！」

美鈴はわたしと菜月を交互に睨んだあと、そう吐き捨てて背を向ける。

「な、なんだか、やばい雰囲気だったね」

菜月も同じことを思ったらしく、美鈴のうしろ姿を見ながら困惑していた。

「う、うん」

なんだか病的というか、どことなく雰囲気が怖いというか。なにをするかわからない恐怖を秘めたような顔つきだった。

恋愛小説のコーナーに足を運んでみたものの、純粋に本選びを楽しめる心境ではなくなってしまい、わたしたちはそのまま帰ることに。時刻は夕方五時を少し回ったところ。

門限がある菜月と駅で別れ、わたしは自転車を漕いで家へと帰る。この世界に来る前のわたしが交通事故に遭った交差点で信号待ちをしていると、言いようのない気持ちがこみあげてきた。今までぼんやりとしか考えられなかった『死』が、身近なところにまで迫ってきてる。残された時間の中で、わたしになにができるんだろう。なにをすればいいんだろう。生きてる意味はいまだに見つけられないけど、生きてることが前ほど苦ではなくなった。それどころか、今では……死にたくないとさえ思ってる。

「どうしたんだよ、んな思いつめたような顔して」

横から突然スッと顔を覗き込まれた。

「わぁ」

ビックリして、思わず自転車から落ちそうになった。

「し、慎太郎！」

そこには部活帰りの慎太郎がいて、目をパチクリさせている。

「と、突然現れないでよっ」

しかも、顔、近いんだけど。恥ずかしくてパッと顔をそらす。

「わりーわりー」

そんなわたしを見てクスクス笑う慎太郎に、ムッと唇をとがらせた。

「怒るなよ」

「うるさい、怒ってない」

「悪かったよ」

「だから、怒ってないってば」

不思議。まるで告白なんてなかったかのように、普通に話すことができている。

「俺が漕いでやるから、琉羽はうしろな」

「え？」

慎太郎はよこせと言わんばかりにわたしを自転車から下ろすと、サドルに跨《また》がった。そして、わたしに向かって顎で乗れよと指す。

「え、えー？」

乗るの？　本気で言ってる？　なんだか……すごく恥ずかしいんだけど。

「早く、青になったぞ」

「あ、う、うん」

観念したわたしは、跨るのもどうかと思って、横向きに座る。そしてサドルをつかんだ。

「バカ、こういう時はここだろ」

慎太郎はわたしの手をとり自分の腰へと持っていく。

「な、なにすんの」

「うっせー、しっかり両手で俺につかまってろよな」

そ、そんなの、無理に決まってる。恥ずかしくて、どうにかなっちゃいそうだもん。

「危ないだろ？」

「……っ」

おずおずと反対の手で慎太郎の腰をつかんだ。慎太郎は小さく笑ってから、勢いよくペダルを漕ぎだした。

「きゃあ」

あまりのスピードに腕に力が入る。慎太郎の背中は広くて、大きくて、そして温かい。おでこを当てて腰をギュッと握っていると「はは、やっべ」と小さな声が。

やっべって、なにが？　不思議に思って顔を上げると、少し照れたような横顔が見えた。

「そんなことされたら、かわいすぎてヤバいから」

「えっ……」

「すっげー……ドキドキする」

な、なに、言ってんの。困るよ、そんなこと言われたら。恥ずかしくて、黙り込む。ハンドルを握る慎太郎の手が、小さく震えていることに気がついた。ほんのり赤く染まる頬。ぎこちない笑顔。そのどれもに胸がキュンと締めつけられる。それと同時に、わき上がる想い。もう隠しきれないよ……慎太郎のことが好きだってこと。

Four

もしも明日があるのなら、
君に好きだと伝えたかった。

直面

あっという間に夏休みが終わって迎えた新学期。日を追うごとに、気分が沈んでいってるような気がする。ボーッと考え込むことも増えた。

「はぁ、ほんっとうっざー！　あんなことしといて、よく平気で学校に来られるよね！」

教室の一番前の席に座る優里が、わざとらしくこっちを睨みつけてくる。あんなことは……夏休み前に起こったローファー切りさき事件のことだ。二学期がはじまってからも、毎日のようにネチネチと言われて、次第に否定する気もなくなってきた。

「顔も見たくないんですけどっ！」

「そ、そうだよね。優里ちゃん、かわいそう」

「うんうん、ツラいよね」

「わかってくれるのー？　さっすがー！」

「と、当然だよぉ！」

夏休み明けから優里はさらに派手になり、髪の毛も金髪になった。かわいいというよりも、派手すぎて怖いレベル。ほかの女子たちもそんな優里を刺激しないように気を遣っているのがよくわかる。

「美鈴は今日も来ないしさぁ、ほーんとつまんない。わざわざこのあたしが連絡してやってんのに、返事もないんだよ？　ありえないしっ」

二学期に入ってからすぐに行われた席替えで、わたしは廊下側の一番うしろ、優里は窓際の一番前、菜月はまん中の列の一番うしろという配置になった。美鈴の席は優里の隣だけど、夏休み前から休み続けている美鈴は、二学期になっても登校してこなかった。美鈴が来なくてつまらないと言ってる優里は、本気で心配しているわけじゃなさそう。友達は利用するものだって言い切ってるくらいだし、それ以上でもそれ以下でもない。ひとりではさすがに行動を起こせないのか、なにかされたりといったことはないけれど。強いて言うなら睨んできたり、これみよがしに悪口を言われるくらいだ。でも、そんなことはたいして気にならない。あれだけビクビクしていたのがウソみたいに、どうでもよくなってしまった。

お昼休み、先生に用事があって職員室へ寄ったあと、遠くできゃあきゃあという黄色い歓声が聞こえた。それはどうやら体育館のほうから聞こえてくるようで、ふと足が体育館に向く。風を通すために開けられているサイドの扉からそっと中の様子をうかがうと、そこにはバスケをしている男子たちの姿と、コートを取り囲むようにして見学する女子たちの姿があった。男子たちが本気でバスケをやっていて、一番に目に飛び込んできたのはドリブルしながらゴールへ向かう慎太郎。その表情はとても真剣だ。

「きゃー、井川くーん！」

「カッコいいー！」

「ほんとヤバいよね！」

「あーもう、めちゃくちゃドキドキするぅ！」

近くにいた女子たちが興奮気味に声をあげる。ドキンドキンと心臓が跳ねて、思わず見入ってしまった。慎太郎はゴール近くまで来ると、ディフェンスをかわしてシュートを放った。それは見事にゴールに入って、さらに大きな歓声があがる。慎太郎が白い歯をむきだしにしてうれしそうに笑うのを、ドキドキしながら見つめる。カッコいい、カッコよすぎる。これだけのギャラリーと、男友達もたくさん。慎太郎はやっぱり人気者で、わたしとは住む世界が違いすぎる。これから先も、慎太郎にはこんなふうに笑っててほしい。実はわたしも慎太郎のことが好きだという気持ちを伝えず、このまま、何事もなかったように過ごしたほうが、きっと慎太郎のためになる。一週間後に消えるわたしのことなんかよりも、今あるものを大事にして……。慎太郎にはずっと笑っていてほしいから……そのためならわたしはなんだってする。優しい君を傷つけたくないんだ。わたしを守ると誓ってくれた慎太郎。でもね、わたしも慎太郎を守りたい。たとえ苦しくても、わたしの苦しみは長くは続かない。だから……ごめんね。覚悟を決めて踵を返す。目の前が涙でボヤけていたけど、それをぬぐうことはしなかった。

《今日の夜、家の近くの公園で待ってるね》

家へ帰ったあと、わたしは慎太郎にメッセージを送った。メッセージを送るのは初めてで、告白の返事だってわかるよね、きっと。だけどわたしの心に迷いはない。なんだか緊張してしまい、ごはんが喉を通らなかった。

「ちょっと出かけてくるね！」

「あら、こんな時間から？」

お母さんが怪訝に眉を寄せる。そりゃそうだ、夜だもん。認めてくれるほうがおかしい。でも……。

「お母さん、お願い！　大事な用事なの！　どうしても行かなきゃいけないの……！」

顔の前で両手を合わせて頭を下げた。思えばお母さん相手に、こんなふうに必死になったことはないかもしれない。しばらく沈黙が続いたあと、観念したようにため息を吐いたお母さん。

「琉羽がこんなワガママを言うのは初めてね。今まで……それほど我慢させちゃってたってことか」

「え？」

お母さんの目にはうっすらと涙が滲んでいた。

「ごめんなさいね……」

「……っ」

やめてよ、涙が出そうになる。

「遅くても二十一時までには帰ってくるのよ？　いいわね？」

「うん……わかった！　ありがとう、お母さん！」

わたしは家を飛びだした。そして公園に向かって駆けだす。慎太郎のランニング中に出会った公園に着くと、ベンチのそばに人の気配があった。街灯で照らされた姿は、まぎれもなく慎太郎のものだ。ど、どうしよう。いざとなったらめちゃくちゃ緊張する。ザッザッと足音を立てながら近づいていくと、慎太郎がわたしの気配に気づいて駆け寄ってきた。

「よっ」

「あ、うん」

どことなくぎこちない慎太郎の笑顔からは、緊張感が伝わってくる。対してわたしも、落ち着かなくてそわそわする。でも、言わなきゃ。

「急に呼びだしてごめんね。予定とか、なかった？」

「琉羽からの誘いなら、予定があっても空けるし」

「……っ」

月明かりに照らされた慎太郎の表情はとても真剣で、そのまっすぐな目を見ていたら本当の気持ちがもれてしまいそうになる。一緒にいると胸が熱くなって、このまま……ずっと一緒にいたいって……そんな気持ちが胸の奥からあふれだす。

「あ、あのね、告白の返事なんだけど……」

「……うん」

緊張から手が震えた。よく見ると慎太郎も固く拳を握っている。

「わ、わたし……っ、わたし、は」

どうして一緒にいられないんだろう。どうしてわたしは……死ななきゃいけないの。死にたくない……死にたくないよ。このまま慎太郎や菜月と一緒に大人になりたかった。慎太郎の隣で笑っていたかった。できればずっと、この先の未来を一緒に歩いていきたかった。ブワッと涙が浮かんで、とっさに下を向く。これ以上見つめあってたら、決心が鈍りそうで……。言え、早く。慎太郎のためだ。

「ごめん、なさい……わたしは、慎太郎とは……付き合え、ない」

制服のスカートをギュッと握りしめた。心臓が破裂しそうなほど痛い。

「俺のことが嫌い？」

やけに落ち着いた声が聞こえた。嫌いだなんて……。

「そんなことない……っ」

「じゃあ、好き？」

「友達として……なら」

ううん、違う。もうずっと前から、慎太郎のことをひとりの男の子として……好きになってたの。でも、言えないから……。

「それでもいいって言ったら？」

「え……？」

恐る恐る顔を上げる。慎太郎は熱のこもった色気たっぷりの目でわたしを見下ろしていた。

「それでもいいから、琉羽のそばにいたいんだ。大事にするって約束するし、好きになってもらえるように一生懸命努力する。だから、俺と付き合ってほしい」

「な、に、言ってんの……」

バカじゃないの。慎太郎なら、もっとほかに似合う子がいるのに。どうしてそこまでわたしのこと……。

「いいかげんな気持ちなんかじゃない。たとえ何年かかっても、絶対に振り向かせてみせる」

うれしいのに複雑で、涙があふれてくる。そこまで想ってくれていたなんて……知らなかったよ。こうと言ったら聞かない頑固者。そんな慎太郎の性格をよく知ってるからこそ、ツラい。こうしていると、すべてをさらけだして、その胸に飛び込んでしまいたいという衝動に駆られる。

「わ、たし、好きな人がいるの……その人のことしか見えないから……だから」

慎太郎のことしか見えないんだ。だからわたしは、君を傷つけない道を選ぶと決めた。

ここでわたしが揺れてたらダメだ。

「は？　誰だよ、好きなヤツって」

ここで初めて慎太郎が動揺した。とっさに手首をつかまれて、顔を覗きこまれる。バランスの整ったイケメン。そんな慎太郎に見つめられて、わたしはタジタジだ。

「俺の知ってるヤツ？」

「そ、そんなの……」

関係ないって言おうとしてやめた。慎太郎がとても傷ついたような表情を浮かべていたから。握られた手首が熱をもったように熱い。そこからわたしの気持ちがバレるんじゃないかとヒヤヒヤしてしまうほどに。

「だ、誰だって、いいでしょ……」

「よくない。そいつより、俺のほうが何倍もいい男だって証明する」

「な、に、言ってんの……迷惑だよ」

「だったら、なんでそんな泣きそうな顔してるんだよ？」

「し、してないっ……きゃあ」

グイッと腕を引っぱられた。頭と背中に回された手のひらに、強くギュッと抱きしめられる。

「な、なにすんの……」

「俺のことが好きだって、顔に書いてある」

「……っ」

「バレバレ……なんだよ」

「ち、がう……」

強く否定したいのにできないのは、言葉でいくら言っても本心は違うからなのかな。

「俺は、好きだよ」

「もう……やめ、て。離して……」

涙が頬を伝う。胸の奥が押しつぶされたように痛くて、これ以上ウソを重ねられそうにない。こんなに好きなのに、伝えることが許されないなんて……残酷すぎる。もし、もしも……わたしに未来があるのなら、迷わずに言えるのに。一カ月後、一年後、十年後、わたしはこの世にいない。それがこんなにもツラいなんて思ったのは初めてだ。死にたくない、生きたいよ。でも、それは許されないことだから……。わたしは黙って自分の運命を受け入れるしかない。慎太郎の背中に回しかけた腕を、ゆっくりと下ろした。

次の日の朝、玄関を出た瞬間、家の壁にもたれるようにして慎太郎が立っていた。それを見て目を見開くわたし。昨夜のことが蘇って、悲しい気持ちでいっぱいになる。同時にわき上がる切なさ……。

「おはよ」

慎太郎は後頭部に手をやりながら小さくはにかむ。朝から爽やかで、寝不足でボーッとしているわたしとは大違いだ。

「なんで、いるの？」

「そう嫌な顔すんなよ、待ってたんだよ、お前のこと」

わたしは昨日、あれからすぐに逃げ帰って、はっきりと慎太郎の告白を断ったんだ。それなのに、まるで何事もなかったような顔で普通に話しかけてこないでよ。待たれたりしたら……迷惑だよ。このまま一緒にいると、本音が出ちゃう。これ以上隠し通せるほど、強くないんだよ。弱いんだ……わたしは。すぐに慎太郎に甘えたくなるの。だから……お願い。

「はは、やっぱ、迷惑だよな。昨日はごめん。そこまで嫌がられるとは思ってなくて……しつこかったかなって、一晩中考えてた。悪かったな」

「え、あ、そんなこと……」

「それを伝えたかっただけだから、じゃあな」

どこか傷ついたような表情を浮かべる慎太郎は、それだけ言うと走ってわたしの目の前から立ち去った。遠く小さくなっていく背中に向かって、ごめんねと心の中でつぶやく。これで……よかったんだよね、これで。でもなんでだろう、つき放されたら、それはそれでとても悲しくて切ない。それを望んだはずなのに、胸がはりさけてしまいそう。つくづくわたしって自分勝手なヤツだな。そのあとトボトボ歩いて学校へ向かったけど、胸は痛いままだった。

あれから三日が過ぎたけど、慎太郎が絡んでくることはなくなった。クラスが違うから学校で顔を合わせることもなければ、廊下ですれ違うことさえない。無意識に姿を探すけど、見かけたことは一度もない。わかってる、わたしが選んだ道はこういうことだ。だから寂しいなんて思っちゃいけない。

迫りくる九月二十五日まで、あと三日。この三カ月、わたしは自分なりに努力して行動した。その結果、今まで見えなかったことが見えてきて、明らかに状況が変わった。以前のわたしはもっと大それた行動を起こさなきゃ、変わることなんかできないと思っていたけど、実際そうなればたいしたことなんてなかったんだと思い知った。逃げてばかりだったわたしが、ここまで変われたのはすごいことだと思う。変わろうと思えば変われるんだ。それを身をもって体験できた。それだけで十分なんじゃないかな。

「ねぇ、聞いて聞いて！　さっき、見ちゃったー！」

「なになに？　なにを見たの？」

昼休みの教室で、クラスの女子が色めき立っている。その表情がいつもよりもキラキラしてるのは、教室に優里という気を遣う存在が休みだからなのかもしれない。

「さっき、井川くんが二年の小園《こその》先輩に告白されてたの！」

「小園先輩って、バスケ部マネの？」

「そうそう！　美人で有名な小園先輩！」

「うちの高校のマドンナじゃん！　さっすが、井川くん。先輩まで落としちゃうとは」

聞きたくないのに聞こえてくる会話。そこだけやけに鮮明に聞こえるのは、バカみたいに慎太郎のことを意識しているからだ。気になって仕方ないから、ひと言も聞きもらすまいと耳を澄ませる。

「で、なんて返事してたの？」

「そう、それがね！　『ごめんなさい、今はまだそんな気分になれないっす』って！　なんだか意味深な返事だよね！」

「今はまだ……ってことは、時が経てばそんな気分になるかもってこと？」

「さぁ、それはよくわかんないけど。今まで井川くんに告白してきた女の子は『好きな子がいて、その子しか見えないからごめん』って断られてきたみたいだよ」

キリキリッと胃が痛んだ。

「えー、そうなんだ？　断り方までカッコいいなんて罪だな」

「断り方を変えたってことは、井川くんが女の子にふられたってことなんじゃないかな？　失恋したから、今はそんな気分になれないって言ったんじゃない？」

「なるほど、そういうことか。じゃあ、がんばればうちらにもチャンスはあるわけだ」

「ないない、あるわけない。井川くんが凡人のあたしらを相手にするわけないでしょ。小園先輩ならわかるけど」

「でも、井川くんをふる女の子がこの世にいるなんて信じられないよね。わたしなら、告白されたら即落ちちゃうよ」

「あはは、そんなの誰だってそうでしょ」

談笑する声に、キリキリを通り越して、ギリギリと胸が痛む。これでよかったはずなのに……なんでこんなに苦しいの。慎太郎に抱きしめられた時の感触が、今でもずっと忘れられない。その腕がほかの人を抱きしめるなんて、考えただけでも嫌だよ。わたしのことを……忘れてほしくない。でもなにも言えない。言えるわけがない。慎太郎が前に進もうとしてるのなら、わたしはそれを応援しなくちゃ。

「琉羽、大丈夫？　まっ青だよ？」

「えっ？」

目の前には心配そうに眉を下げる菜月の顔があった。ここ数日、様子がおかしいわたしを心配して、毎日のようにそんな言葉をかけてくれる。

「大丈夫だよ、最近ちょっと疲れてるだけだからっ！」

「そう？　なにかあるなら言ってね？　相談に乗るから」

「あり、がとう」

でもね、こんなこと、言えない。わたしはもうすぐ死ぬんだって、それは変えてはいけない運命なんだって、どう言えっていうの。そもそも、言ったところで信じてくれるわけもないし、きっと頭がおかしいと思われて終わりだよ。わたしが死んだら、菜月は泣いてくれるのかな。傷つけてしまうことになるのかな。だったら、仲良くしないほうがよかった……？　今になってそんなふうに思ってしまう。病気で死んでしまう人の気持ちが痛いほどよくわかった。死んでもいいなんて思っていた以前の自分が、情けなくて恥ずかしい。生きたくても、生きられない人もいるのに……。死んで逃げようとするなんて……最低だ。あの時のわたしは子どもすぎて、死ぬということを本当の意味で理解していなかった。今ある命がどれほど大切なのか、身に染みてよくわかる。

あと二日、あと一日……、そして、とうとう、最期の日が明日に迫った。夜になると恐怖が襲ってきて、泣きたくもないのに涙が出てくる始末。なかなか寝つけなくて暗闇の中でぼんやりする。

喉が渇いてリビングに行くと、ちょうどお父さんが仕事から帰ってきたところだった。

「まだ起きてたのか？」

「うん、おかえりなさい」

「もう遅いから、早く寝なさい」

「喉が渇いただけだから。飲んだらすぐ寝る」

お父さんは疲れ切ったような顔をしているけど、わたしがそう言うとフッと口もとをゆるめた。

「最近は、どうだ？」

「え、なにが？」

「あ、いや、その、母さんとはうまくやってるのか？」

しどろもどろになりながらお父さんが聞いてくる。

「うん、まぁ、ぼちぼちかな……」

「そうか、なにかあるなら遠慮なく言いなさい。お、お小遣いがほしい時も、頼ってくれていいんだぞ」

恥ずかしそうに言うお父さんに、思わず笑ってしまった。

「ありがとう……お父さん。今まで、本当にごめんね……っ」

「なんだ、妙にかしこまって。子どもは親に遠慮なんかしなくていいんだ」

「うん……」

明日でお別れなのかと思うと、自然と涙があふれてきた。もっともっと、いろんなことを話したかった。どうしてわたしは、いつもいつも……最後の最後にならなきゃ、大切なことに気づけないんだろう。もっと早くに歩み寄ろうとしていたら、本音でぶつかっていたら、なにかが違っていたかもしれないのに。

もしかしたら、死ぬことだってなかったのかもしれない。

「も、もう寝るね。おやすみなさい」

「ああ、おやすみ」

涙が落ちそうになって、慌ててリビングを出て部屋に戻った。枕に顔をうずめて、声を殺して泣いた。どれだけ泣いても涙が涸《か》れることはなくて、朝方、気づくとわたしは眠りに落ちていた。

伝えたいことは

九月二十五日の朝、自転車に乗りながら通学路を走る。秋晴れの空に浮かぶ白い雲。頬に当たる風は、もうすっかり冷たくなっている。今日で最後だからなのか、いつもよりもやけに周りの景色が鮮明に見えた。いつもと同じはずなのに、なにかが違う。しっかりと目に焼きつけておこう。ペダルを漕ぐ足に力を入れる。事故の時の記憶は曖昧だけど、トラックにひかれた時の感覚は嫌ってほど身体が覚えている。たとえようのない激しい痛みを二度も味わうことに、恐怖で身体が震える。

学校に着いて駐輪場に自転車を停めてから、校舎へと向かう。寝不足で頭がボーッとするけれど、それも今日で最後なんだと思うと、どうでもよく感じてしまう。

のんびり来すぎてしまったのか、昇降口に着いた時には誰もいなかった。シーンとしていて、遠くの渡り廊下を大慌てで走る生徒が目に入る。そんなにギリギリなのかな。そう思って昇降口の時計を見ると始業一分前であることに気づいて、急いで上履きに履き替えた。でも、だけど……そんなに焦ることもないか。今までが真面目すぎたんだ。最後くらい、遅れたってどうってことない。

「やっべ、遅れる！」

「ったく、お前のせいだかんな？」

「わーるかったって！　今度ジュースおごるから許せよなっ」

「とにかく、足動かせっ！　遅刻する」

うしろからバタバタと駆け抜けていく男子たち。朝練後なのか、みんなスポーツバッグを抱えている。その中でもひとりだけ見覚えのあるうしろ姿が目に入った。思わず足を止めたわたしは、その場に立ち尽くす。すると、その中のひとりが勢いよく振り返った。目が合って、ドキリとする。

「おい、慎太郎！　早くしろよっ」

「わりー、先行ってろ！」

「は？　なんでだよ？」

「いいから！」

「わかったよ」

慎太郎以外の男子たちは、全速力で駆け抜けていった。すぐに姿が見えなくなり、あたりに変な緊張感が漂う。

「遅刻か？」

「え、あ……まぁ、そんなとこ」

うまく答えられたかな。

「琉羽にしては、めずらしいじゃん」

「そう？」

久しぶりに顔を合わせたからなのか、恥ずかしくて目を見られない。どんな顔をすればいいのかも、わからない。ねぇ、慎太郎……。わたし、今日、死ぬんだよ。

会話が途切れたところでチャイムが鳴った。わたしたちは微動だにせず、その場に立ち尽くす。

「じゃあ、俺、行くわ。お前も早く教室行けよ」

焦る様子もなく、静かに立ち去ろうとする慎太郎の背中に胸の奥がキューーッとうずく。これが最後なんて……嫌だよ。

「し、慎太郎……っ！」

わたしの声に立ち止まった背中がビクッと揺れた。そしてゆっくりと振り返る。

「なんだよ？」

少しすねたような、それでいて困ったような顔つき。

「あ、あのね……っ！」

呼び止めておいて、なにを言うかなんて考えてない。ただこのままでいるのが嫌だっただけだ。最後に慎太郎に伝えたいことはなんだろう。

「わたし、慎太郎の強さにずっと憧れてた！　慎太郎みたいに強くなりたいって、いつも思ってたんだ！」

君に出会えてよかったと、今なら胸を張って言える。だからわたしは、最後に感謝の気持ちを伝えたかった。

「今まで……たくさん助けてくれてありがとう……っ！」

慎太郎のことは、ずっとずっと、これから先も絶対に忘れないよ。精いっぱいの感謝を込めて、わたしは満面の笑みを浮かべた。

「そんな慎太郎のことが……人として大好きだったよ！　ほんとに、ありがとう！」

隣にいることはできないけれど、そうできたらどんなに幸せだったかな。もしもわたしに明日があったなら、迷わず伝えるのにね。

「なん、だよっ、それ。なんでそんな、まるで、いなくなるみたいな言い方……」

慎太郎の顔が苦痛に歪んだ。

「ち、違うよ、ただ感謝を伝えたかったの。ありがとうって」

「意味、わかんねーから……なんだよ、いきなり」

「だよね、いきなりすぎたよね……うん、でも、いいじゃん」

慎太郎はそんなわたしを変な目で見てくる。不安げに揺れる瞳が心の中を見透かそうとして、いたたまれなくなった。

「なんかあるんだろ？　言えよ」

「な、なんかって？　ないよ、なにも」

「ウソつけ、顔に書いてある」

「な、ないってば」

どうして見抜かれるんだろう。それほど今のわたしは鬼気迫っているように見えるのかな。

「俺の目をごまかせるとでも思ってんのかよ？　何年一緒にいると思ってんだ？」

一歩、また一歩と、わたしのもとへと歩いてくる慎太郎。わたしはそんな慎太郎からジリジリと後ずさる。その目を見られなくて、とっさにうつむいてしまった。

「ほ、ほんと、なにもないから」

「意地っ張りなヤツだな」

慎太郎の手が伸びてきて、わたしの顎に当てられた。ムリやりクイッと上を向かされ、視線が重なる。あまりの近さに思わず距離を取ろうとしたけれど、背中が壁にトンッと当たった。ダ、ダメだ、もう逃げられない……。

「俺って、そんなに頼りない？」

フルフルと小さく首を横に振る。そんなわけない。わたしだって、ほんとは言いたい。でも……ギュッと拳を握った。言えないよ……。

「おーい、お前ら！　そこでなにしてる？　とっくにチャイム鳴ったぞー！」

遠くから先生が叫ぶ声がした。慎太郎はパッとわたしから離れて、すばやく耳もとに唇を寄せてきた。

「今日の放課後、部活休みだから。帰り、ここで待ってる」

「え……」

そう言い残して、先生のもとへと駆けていく。

「ふたりとも、遅刻届け書きに職員室に来い！」

「先生、俺があの子引き止めちゃって！　彼女は関係ないんで、見逃してやってください」

「井川ー、お前なぁ、もっと時間と場所を考えてイチャつけ」

「はは、先生彼女いないからってひがまないでよっ」

「なんだとー、この野郎！」

先生とやり取りしながらわたしに目配せしてくる慎太郎。どうやら助けてくれようとしてくれているみたい。そんなふたりの横を通りすぎて、足早に教室へと向かう。ドキドキと心臓の音がうるさい。こんな時なのに、ますます慎太郎のことを好きになってる……。

「あ、琉羽！　おはよう」

授業ははじまっておらず、菜月が声をかけてきた。

「どうしたの？　顔、赤いよ？」

「あ、うん……慎太郎がね、助けて……くれて……わたし……っ」

もう、ダメだ。隠しきれないよ。無理だよ……誰かに言いたい。

「慎太郎の、ことが……めちゃくちゃ、好きみたい……っ」

言ってるうちに胸が苦しくなって涙が出てきた。とめどなくこぼれ落ちて、教室で人目もあるというのに、止まらない。

「ちょ、琉羽？　だ、大丈夫？　とにかく、ここ出よっ」

みんなの視線をいっせいに浴びるわたしの手を引いて、菜月は教室から連れだしてくれた。連れてこられた場所は屋上だった。その間も涙が止まらなくて、わたしはひたすら静かに泣いた。

「井川くんのことが好きなの？」

「うん……っ、でも、言えないの」

「どうして？　井川くんも琉羽のこと」

「知ってる、告白されたから……でもね、理由があって、言っちゃダメなの……わたしが好きだって言うことで、慎太郎を傷つけてしまうことになるから……っ」

だから苦しい。こんなに好きなのに。言ってはいけないなんて。自分で決めたことなのに、どうしようもないくらい苦しい。セーターの袖で涙をぬぐう。菜月はそんなわたしの背中を優しくなでてくれた。

「どうして傷つけることになるって思うの？」

「それは……言えないっ。でも、確実にそうだから……っ。慎太郎には、わたし以外の人と……幸せになって……ほしいのっ」

言っているうちにまた涙が出てきた。わたしって、こんなに涙もろかったっけ。弱かったっけ。こんな自分がすごく嫌だ。

「あたしだったら、気にせずに伝えるんだけどな……」

「……っ」

「でも、琉羽はそうはできないんだね。優しいな。好きな人のためを想って、身を引くって……」

菜月の声がだんだんと小さくなっていく。

「だけど、ツラいよね。苦しいよね……その気持ちは、よくわかるよ」

「な、つき……っふっ、ううっ……ひっく」

「いいよ、思いっきり泣いて。気がすむまで泣いたら、スッキリするから」

菜月は詳しく聞いてこなかった。なにも聞かずにただずっと背中をさすってくれて、その優しさによけいに涙があふれる。

「なつ、き、ありが、とう。こんなわたしと、仲良くしてくれて……」

「ふふっ、なに言ってんの」

「急に伝えたくなったの……」

すっかり涙は止まっていた。菜月の目を見てぎこちなく微笑む。

「ほんとに、ありがとう……幸せになってね」

わたしがいなくなっても、悲しまないでね。

「なんだか今日の琉羽は、おかしなことばかり言うね」

「うん、たまにはね……本当に、幸せになってよね。わたし、祈ってるから」

「もう、ほんとやめてー。なんだかいなくなっちゃうみたいで怖いから」

「ふふっ、うん。ごめんね」

ごめんね……本当に。菜月の言う通り、いなくなるんだよ、わたし。

「なんだか泣いたらスッキリしちゃった。授業、サボらせちゃってごめんね」

「なに言ってんの、友達が泣いてたら話を聞くのは当然だよ！」

笑って許してくれる菜月。その笑顔は最高にかわいい。もうこれで思い残すことはなにもない。そう……なにも。


あっという間に放課後になった。いよいよだと思うと、緊張する反面、あきらめにも似た気持ちがこみあげてきて、意外にもどんと構えることができていた。残る問題は慎太郎をどうするか……。一日散に逃げ帰ることも考えてみたけど、それはあえなく却下された。

「なんで井川くんがうちの靴箱のそばにいるの？」

「誰かを待ってるとか？」

「きゃあ、誰だろう」

そんな声がして、靴箱のそばに向かうわたしの足が止まった。慎太郎の姿はここからじゃ確認できないけど、すでに待っているらしい。それにしても、はっきりと覚えていないけど……今日の何時頃に事故に遭うんだっけ。あの日の記憶を呼び起こしてみるけど、モヤがかかったようにはっきりと思い出せない。そもそもわたしは……どうして事故に遭ったんだっけ。ダメだ、どうしても思い出せない。なんで思い出せないんだろう。

「ねぇ、あれって……」

「ウソッ、きゃあ！」

「な、なにしてんのっ⁉」

「ちょ、怖いんだけどっ」

急にあたりが騒がしくなった。どよめきと、とまどいの声が入り混じっている。何事かと思って恐る恐る靴箱の影から声のするほうを覗いた。

「ひっ」

そこには、上下黒のジャージに身を包んだボサボサ頭の美鈴が立っていて。鋭い目つきで周囲を威嚇《いかく》するように睨みをきかせている。その手にはカッターナイフが握られていた。

「ね、ねぇ、誰あれ。ヤバくない？」

「どう見ても不審者だろ。誰か先生呼んでこいよ」

「ナイフ持ってんだけど」

夏休みに見かけた時よりも痩せていて、それが美鈴であることに周囲の人は気づいていないよう。知らない人が学校に乗り込んできたと思っている。

「ねぇ、なんの騒ぎー？」

そこへ優里がやってきて、この光景を目の当たりにする。

「え？　なんなの？　つーか、誰？　なにしてんの？」

目を見開き、さすがの優里もその顔を強張らせる。固まったまま、動くことができないようだった。それまで周囲を威嚇していた美鈴は、優里を見てビクッと肩を震わせた。そして、ボサボサの髪をかきあげる。

「あたしだよ……優里」

「み、美鈴……？　ウソでしょ、なんで……っ」

優里はあまりの美鈴の変貌《へんぼう》に、驚きを隠せない様子で口もとをおおう。周りの人たちも、目の前の人が美鈴だと知ってとまどいを隠せていない。

「あたし、ずーっと考えてたの。こうなったのは、誰のせいなのかなって」

口もとに気味の悪い微笑みを浮かべた美鈴が、一歩ずつ優里に近づく。その目はまったく笑ってなくて、すごく不気味。

「い、いやっ、来ないでっ……」

恐怖に顔を引きつらせた優里が、ドサッとその場にしゃがみ込む。

「来ないでってば……っ！」

「あたし、わかっちゃったんだ。悪いのは――ぜーんぶ、優里なんだってことが‼」

美鈴は手にしていたカッターを優里目がけて振り上げた。

「い、いやぁぁ！」

「ローファーをズタズタにしただけじゃ気がすまなかったから、今度はあんたの番だよ？」

「や、やめてっ！　お願いだよっ！　あたしたち、友達でしょ？」

「友達？　それ、本気で言ってる？　利用するものでしかないって言ったのは、優里だよね？」

「あ、あ……」

ガタガタと全身を震わせて、恐怖に怯える優里。

「おい、マジでヤバくね？」

「だ、誰か助けてあげてよ」

「やだよ、こえーもん」

わたしはゆっくり美鈴に近づいた。

「美鈴、やめて」

鋭い眼光がわたしを捉える。

「はっ、またあんた？　よく言うよ、あんただって優里にはさんざん嫌なことされたでしょ？　巻き込まれたくなかったら、あっち行ってろっつーの」

「そ、そうだけど、こんなの……よくないでしょ」

「うるさいっ！　あたしはねー、優里のことだけは許せないのっ。ずっと親友だと思ってたのに、その気持ちを踏みにじったんだよ、こいつは！」

美鈴の手にグッと力が入ったのがわかった。もしかすると、わたしがよけいに刺激してしまったのかもしれない。

「きゃあああ！」

優里の叫び声が響き渡る。

「ダ、ダメッ！」

わたしはとっさに優里の前に立った。なぜか自然と身体が動いた。

「やめろっ‼」

うしろから伸びてきた手が、カッターナイフを振り下ろそうとしていた美鈴の腕をキツくつかんだ。そしてその手を捻《ひね》り上げると、美鈴の手からは簡単にカッターが離れる。カシャンと床に落ちたそれを、足で蹴飛ばして遠くへやったのは……慎太郎だった。

最後の願い

誰もが固唾《かたず》をのんで成り行きを見守っている。

「な、なにすんのよっ！」

捻り上げられた手が痛いのか、美鈴は顔をしかめて慎太郎を睨む。敵意たっぷりの眼差し。それでも慎太郎は怯むことなく、毅然としている。

「それはこっちのセリフだ」

「なっ、井川くんには関係ないでしょっ！」

「目の前で好きな女が身体張ってたら、助けるのは当然だろ」

目の前の慎太郎は、恥ずかしがるそぶりなんて一切見せず、たまらずにわたしはカーッと顔が熱くなるのを感じて、うつむいた。

「は、なんなのよ、それ。井川くんって、うっざ」

「俺のことはどう言ってくれてもいい。でも、こんな解決方法は間違がってる」

「じゃあどうしろっていうの？　人を支配することしか考えてない人に、なにを言ったってムダなんだから」

優里は相変わらずガタガタと震えていて、聞こえていない様子。優里はこれまでさんざんなにを言っても聞く耳をもたないどころか、わたしたちとは根本的に考え方が違っていた。だから、理解しあうことは難しいと思う。

「それでも、あきらめたら終わりなんじゃねーの？　少なくとも、こんなやり方は間違ってる」

「なんで……いつも邪魔するの⁉　ほっといてよ！」

ますます怒りをあらわにする美鈴は、慎太郎の腕を乱暴に振り払った。思わず身構えたけど、それ以上、優里になにかしようとするわけでもなく。ただじっと突っ立って、優里とわたしの顔を交互に睨んだ。

「元はと言えば琉羽のせいで……こうなったのに……っ」

「え？」

わたしの、せい？

「あの日、あんたがきちんと菜月を呼びだしてさえいたら……こんなことにはならなかったんだ」

あの日？

菜月を呼びだす……？

それって夏休み前の化学実験室のことを言ってるの……？

「あんたが……悪いんだ。全部、あんたが……」

うわごとのようにそう繰り返す美鈴の目は、なんだかとてもうつろで。まるで魂が抜けてしまったかのよう。

「こらっ、なにをしてるっ！」

そこへ血相を変えた先生たちが何事かと慌てた様子で走ってきた。野次馬はさっきよりも多くなっていて、面白半分に動画撮影までしている人もいる。

美鈴は先生に気づくと、慌てて昇降口から走り去った。

それを先生が追いかけたけれど、美鈴の逃げ足は速く、あっという間に見えなくなる。

なんだったんだろう、さっきの美鈴は。

わたしのことをすごく恨んでいるようだった。

「っていうか、井川くんカッコよくなかった？」

「わかるー！」

「好きな人って、優里ちゃんのこと？」

「いや、違うでしょ。佐上さんのことじゃない？」

「えー、やだぁ」

次第にざわざわとしはじめる。みんなからの視線を感じて、顔を上げることができなくなった。

「大丈夫か？」

うつむいた視線の先に、慎太郎のスニーカーが目に入った。

「う、うん……」

「つーか、ビックリしたし」

「わ、わたしも、まさか美鈴が……あんなこと」

優里のローファーの件も、まさか美鈴がしたことだったなんて。そんなに憎んでいたんだ。

「いや、それもだけど。琉羽がカッターナイフを持った相手の前に飛びだしたことだよ」

「え？」

「無茶しすぎなんだよ。俺と浩介で押さえようとしてたっつーのに」

そうなの？

視線を巡らせると、こっちに向かってヒラヒラと手を振る浩介くんがいた。さすがにこの状況ではヘラヘラしておらず、神妙な面持ちだ。どうやらふたりで美鈴を取り押さえる算段《さんだん》をしていたらしい。

「気づいたら、身体が勝手に動いてたの」

だってこうなったのは、もしかするとわたしのせいなのかもしれない。わたしが過去に戻ってこなければ、きっとこんなことにはならなかった。少なくとも過去の世界で、美鈴がこんな事件を起こしたことはなかったから。わたしがいろいろ行動を起こしたことで、大きく変わってしまったんだ。もうこれ以上、むやみに動かないほうがいいのかもしれない。もしかすると、慎太郎や浩介くんまでもを、危険にさらしていたかもしれないんだ。最後の最後でなにかあったら……嫌だ。これ以上、わたしが過去と違う動きをすると不吉なことが起こりそうな予感がする。

「ったく、心配させんなよな」

「ご、ごめん……」

「琉羽になんかあったら、俺、後悔してもしきれねーだろ」

うっ、やめてよ、真顔でそんなこと言うの。思わずドキドキしちゃう。

「あ、わたし、用事があったんだ！」

「は？　なんだよ、いきなり」

「ごめん、帰るねっ！」

これ以上、慎太郎のそばにはいられない。もう巻き込みたくないの。全速力で校門を出て自転車に跨る。ペダルを漕ごうとしたわたしの足は、大きく震えていた。

「あ、あれ？　なんで」

ペダルを漕いでも思うように前に進まない。よく見るとうしろのタイヤがパンクしていた。

「もう、なんでこんな肝心な時に……！」

あれ……？

そういえば、過去でもわたしは自転車に乗ってなかった。今思い出したけど、あの時もこんなふうにタイヤがパンクしていたからだ。わたしはなにか大事なことを忘れているような気がする。そう、とても大事なことを……。

「おい、佐上！　お前、ちょっとこっち来ーい」

遠くから担任の先生に呼ばれた。先生ははぁはぁと息を切らして、青いチェックのハンカチで汗をぬぐっている。どうやら先生は美鈴を追いかけていたようで、取り逃がしたのか、わたしに詳しくいきさつを聞いてきた。わたしの知っている限りのことを話したけど、先生はうーんと首を捻っている。正直、早くこの場を離れたいんだけど。

慎太郎や浩介くんは、もう帰ったかな。なんでだろう、さっきから身体の震えが止まらないのは。どうしてかな、よくわからないけれど。とてつもなく嫌な予感がしてならない。頭がズキンズキンと痛んで、息が苦しくてたまらない。こみあげる焦燥感《しょうそうかん》と、言いようのない不安感。事故に遭うのは、本当にわたしだったんだろうか……。その瞬間、頭の中に映像がフラッシュバックした。交差点に向かって駆けだすうしろ姿。わたしは必死に手を伸ばして、引き止めようとしている。割れるように頭が痛くなって、その場にうずくまる。まだはっきりとは思い出せないけれど、ここでこうしちゃいられない。立ち上がるとクラクラとめまいがした。足がもつれそうになりながら、前だけを見て足を動かす。

「あ、おい、佐上！」

先生が呼び止めるのも無視して駆けだす。昇降口へ戻ってみたけど、そこにはさっきまでの人だかりはなくなっていた。

「は、はぁはぁ……」

全力疾走したせいで呼吸が荒くなり、心臓もバクバク鳴っている。

「し、慎太郎……慎太郎はどこ？」

キョロキョロとあたりを見回してみたけど、そこに姿はない。落ち着け、落ち着くんだ。まだそうだと決まったわけじゃない。そんなはずはない。ふと時計に目をやると、十五時四十分を指していた。たしかあの日は……。ダメだ、時間まではっきりと思い出せない。

思い出そうとすると、それを拒否するかのようにひどく頭が痛む。

「こ、浩介くん！　慎太郎、どこにいるか知らない？」

女子といる浩介くんの姿を見かけて駆け寄る。

「どうしたんだよ、そんなに慌てて」

「う、うん、はぁはぁ……ちょっとね」

膝に手をつき、息も絶え絶えになっているわたしを見て、浩介くんは目を丸くする。

「大丈夫か？」

「う、ん。それより……慎太郎は？」

「慎太郎なら、佐上さんが走り去ったあとすぐに帰ったけど……てっきり一緒なのかと思ってたよ」

「か、帰った……？　はぁはぁ」

ゾクリと身の毛がよだつ。予感が確信に変わった瞬間だった。

「し、慎太郎が危ない……っ！」

「え？　は？」

「い、行かなきゃ！」

こうしてる間にも、時間は過ぎていく。わたしはとまどう浩介くんを無視して再び駆けだした。

「はぁはぁ」

自分の息遣いの声だけが耳に届く。必死に腕を振って、足を前へと押しだして、力の限り走った。もどかしくて、やるせない。お願いだから、間に合って。

「あ……っ」

足がもつれて、前にバランスを崩した。アスファルトの上に派手に転び、その拍子にこめかみと膝を強打する。

「いったぁ……」

思わずこめかみを手でさすると、べったりとした血が手についた。でも今は、そんなことに構っていられない。立ち上がって、走りだす。膝がジンジンして、おまけにこめかみから血が流れ落ちてきた。わたしはセーターの袖口でそれをぬぐうと、痛みに耐えながら全速力で走った。周りの人は何事かとわたしに視線を送ってくる。信号待ちで立ち止まる時間ももったいなくて、青になるのをまだかまだかと待ちわびた。その間に目を凝らして慎太郎の姿を探すけど、どこにも見当たらない。

歩行者側の信号が青に変わった瞬間、人混みをかき分けて進む。わたしが事故に遭った交差点まで、あともう少し。きっとそこに、慎太郎はいるはずだ。

進んでいくたびに、過去の出来事が蘇ってくる。嫌だ嫌だと、心が大きく叫んでいる。次第に涙があふれてきた。

「はぁはぁ……」

どうしてこんな大事なことを忘れてたんだろう。お願いだから、間に合って。

歩道を走っていると、次の信号が見えてきた。歩行者側の信号は赤。そこで信号待ちをしているたくさんの人。その中に慎太郎のうしろ姿を見つけた。あと、五百メートル。早く、早く追いついて。動け、わたしの足。全力で、彼のもとまで。あと三百メートル……。

「し、慎太郎……っ！」

声が震えた。しかし、慎太郎は振り返らない。それどころかどこか一点を見つめていて、赤だというのにゆっくりと交差点の横断歩道に近づいていく。

「ダ、ダメ……ッ！　慎太郎！」

お願い、止まって！　もう、なにしてんのよ、わたしの足はっ！　どうしてもっと早く走れないのっ！　涙が横に流れて消えていく。ゴシゴシと腕で目もとをぬぐい、さらに足に力を込めた。慎太郎は交差点の中央目がけて駆け寄っていく。

「慎太郎っ！」

交差点のまん中では、茶色と白のまだら模様の猫がのんびりと毛づくろいをしていた。目の前に迫るトラックなんて、見えていないというように。慎太郎は、猫を助けようとそこへ飛びだしたのだ。ダメだよ、こんなの。なんで慎太郎なの。なりふりなんて構ってられない。

「慎太郎！　危ないっ！」

迷わず交差点に飛びだし、慎太郎の腕をつかんだ。わたしの声に驚いた猫はサッと身をひるがえし、反対側へ走って逃げていく。慎太郎の腕を強く引いた瞬間、トラックはすぐそこまで迫っていていて。だけど、よ、よかった。

ギリギリ、間に合っ――。

――ドンッ。

うしろから思いっきり誰かに背中を押されたような気がした。引き戻されかけたわたしの身体が、トラックの前へと押しだされる。視界の端に映る美鈴の姿。なぜ、こんな所に？　美鈴はトラックの前に押しだされたわたしを見て、小さく笑っていた。

「琉羽……っ!!」
ダ、ダメだ……もう間に合わない。ひかれる。とうとう、最後の瞬間がやってきたんだ。
覚悟を決めてギュッと目を閉じた。

――キキキキキィ。

ブレーキ音があたりに響いて、迫りくる衝撃に耐えようとする。

だけど――。

――グイッ。

誰かに腕をつかまれて、思いっきり乱暴に引き寄せられた。

えっ……？

「言っただろ、なにがあっても守るって……」

耳もとで小さくささやく声。目を開けた瞬間、わたしの代わりにトラックの前へと飛びだす慎太郎の姿が映った。ドンッと大きな音がして、目の前に信じられない光景が広がる。

「やっ……いやぁぁぁぁぁ!!」

な、なんで……！

「慎太郎……っ!!」

慎太郎はトラックにひかれて、何メートルも先に弾き飛ばされた。立ち上がることができなくて、その場にペタンと座り込んだまま動けない。

「な、なんで……」

ウソだ、どうして……こんなことに……。これは悪い夢だ。お願いだから、誰かウソだと言って。

「お、おい、誰か救急車!!」

「高校生がひかれたぞっ!!」

「大丈夫か!」

慎太郎の周りをたくさんの人が取り囲んでいる。

「し、慎太郎……っ」

這うようにして慎太郎のもとへ向かう。交差点一帯は騒然としていた。慎太郎……お願いだから、無事でいて……。震える身体で地面を這いながら進むと、人だかりの隙間から地面に伏せる慎太郎の足が見えてきた。あたりには血の海が広がっていて、事故の凄まじさを物語っている。

やだ、嫌だ……っ。

「おい、君！　大丈夫か？　おい！」

「ダ、ダメだ、脈がない」

救命しようとしてくれていた人が青ざめる。ウソだ……。こんなの、なにかの悪い冗談に決まってる。信じられるわけがない。

ウソだ……ウソだ……ウソだ……ウソだっっ‼　全身が痛い。慎太郎の無事だけを願って、そばまで近づいた。固く目を閉じた慎太郎は、血の気のない顔でそこに横たわっている。全身傷だらけで、血まみれだった。その顔を見ただけで、生気が宿っていないことがわかる。

「し、慎太郎……っ！　やだ、嫌だよ……っ！　ねぇ！　起きてっ！　起きてよぉぉ！」

なんで……なんでよ。どうしてわたしなんて助けたの……っ。ウソだ、慎太郎が死ぬなんて。そんなわけない。とめどなくあふれる涙が、目からどんどんこぼれ落ちる。

「ねぇ……起きて……お願い、だから……っひっく」

誰か夢だと言って――。

お願いだから、今この瞬間の時間を止めて――。

これ以上先の未来を見たくない――。

知りたくない――。

慎太郎がどうなったかなんて――。

「な、なんで……こんなことに……あんたの、あんたのせいだよ、あんたの……っ」

ひどく怯えたような美鈴の声が、どこか遠くに聞こえる。現実なのに現実味がなくて、放心状態のまま動けない。どうしてこんなことになっちゃったんだろう。なんで慎太郎が事故に遭わなきゃいけなかったのかな。どうして……？　死ぬのはわたしのはずでしょ。

それなのに……っ。涙が次から次へとこぼれ落ちる。

『なにがあっても琉羽を守るから』

どんな時でもわたしを守ってくれた君。

『初めて会った五歳の時から、琉羽のことが好きなんだ』

まっすぐなほどに一途で。

『バーカ』

意地悪なところもあって。

『琉羽のそばにいたいんだ。大事にするって約束するし、好きになってもらえるように一生懸命努力する。だから、俺と付き合ってほしい』

真剣な君の姿は、わたしの心を激しく揺さぶった。

『いい加減な気持ちなんかじゃない。たとえ何年かかっても、絶対に振り向かせてみせる』

もう振り向いてる、君に。

『俺のことが好きだって、顔に書いてある』

どうしようもないくらい、君のことしか見えなかった。大好きだったんだ、ほかの誰よりも。

『バレバレなんだよ』

そうだね、慎太郎にはなにもかも見透かされてた。

どんな慎太郎の顔も頭の中にはっきりと浮かぶのに、目の前の慎太郎はピクリとも動かない。それどころか、どんどん冷たくなっていく。

「お願いだから……っ目を、開けて……っ」

必死に願っても、どんなに言っても、慎太郎が目を開けることはなくて。ただ無情にも時間だけが過ぎていく。こんなの……嫌だよぉぉ。誰か……助けて。わたしを過去に戻した誰か！　聞こえてたら、返事をしてよっ‼

『それが、お前さんの望んだ結果だろう？』

ふとどこからか、そんな声がした。真横をなにかが通り抜けたような気がして、ふとそこに目をやる。

「ニャア」

遠く離れた視線の先に、交差点で毛づくろいをしていた猫がいて、まん丸な目でこっちを見据えている。まさか、ね……。

『いいじゃないか、死にたくなかったんだろう？　お前さんの中から、ずっと見させてもらっていたよ。よかったじゃないか』

「ち、違う、こんなの、わたしが望んだ結果じゃないっ！」

『おかしいなぁ、お前さんはたしかに死にたくないと』

「そうだよ、死にたくなかった……！　でも、慎太郎を犠牲《ぎせい》にしてまで生きていたくないっ！　どうして慎太郎が死ななきゃならないのっ！」

こんなのって、あんまりだ。

「慎太郎のいない世界なんて、意味がないんだよ……っ！　ほかの誰かを犠牲にするくらいなら、わたしが死んだほうがマシなの……っ！」

『ワガママだな、お前さんは』

猫は立ち止まったまま、じっとわたしを見てる。

声の主が誰なのかはわからないけれど――わたしもじっと猫の目から視線を外さなかった。

「ワガママでも、なんでもいいよっ。お願いだから、慎太郎を助けてっ……！　わたしは、どうなってもいいから……」

ねぇ、お願い。わたしのすべてを込めて必死にお願いする。

『この男がそんなに大事なのかい？』

「うん、とっても大事な人……彼のおかげで、わたしは変われたんだよ。慎太郎のいない世界で生きてても、意味がない……」

『人を大切に想う気持ち、か。わからないな、わたしは人ではないから。だけどお前さんの必死さは伝わってくる。どうしても、その男を助けたいのか？』

「うん、どうしても慎太郎を助けたい……もう、守ってもらってばっかりは嫌なんだ」

『わたしも鬼じゃない。そんなに望むのなら、お前さんを元の世界に戻してやろう』

「元の、世界……？」

『やり直す前の世界だ。お前さんが事故に遭い、ここへ来る前のな。そこへ戻れば、この世界で努力して変えてきたことがすべて水の泡になる。それでもいいのか？』

すべて、水の泡……。

それは……菜月との関係や、親との和解、慎太郎が告白してくれた事実がすべて消えてなくなってしまうということを意味していた。

「それでも、いいっ。わたしは、慎太郎に生きていてほしいっ！」

『よかろう、では――』

目の前の景色が大きく歪んだ。肉体から魂が抜けていくような、不思議な感覚に見舞われる。ふよふよと実体のないなにかに形を変えたわたしは、どこだかわからない場所をフラフラとさまよい続ける。

「あ、あの、あなたはいったい……どうしてわたしに、わたしの人生に寄り添ってくれるの？」

『わたしかい？　なーに、昔お前さんに助けてもらったことがあるからね。恩返しさ』

「恩返し……？」

いったい、誰……？

そんな考えが頭をよぎるのと同時に、目の前が明るくパアッと開けた。

『わたしのことは、どうだっていい。もう会うことも、ないだろうからね』

遠く小さくなっていく声。意識が飛びそうになるなか、最後の最後で、猫の鳴き声が聞こえたような気がした。

君に好きだと伝えたかった

ああ――。

わたしは、このまま死ぬんだ――。

ふよふよふよふよ――。

どこだかわからない場所を漂う浮遊感に、身をまかせてしまいたくなる。このまま流れにまかせていれば、きっと楽になれるのだろう。

なんとなくだけど、そんな気がするの。

慎太郎が死なずにすむのなら、わたしは喜んで自分の運命を受け入れる。もう二度とあんなにツラい思いはしたくない。慎太郎が死ぬのを目の当たりにした瞬間、絶対に失いたくないと思ったんだ。

だから――。

バイバイ、慎太郎。

バイバイ、菜月。

ごめんね、お父さん、お母さん、お兄ちゃん。

さようなら、また会える日まで。

『……い！　おい！』

遠のいていく意識の中で、呼び止める声がする。やけにはっきりとした、それでいて力強い声。

『死ぬなっ！　死ぬんじゃねーよ！』

誰、だろう……。意識がもうろうとする中で、はっきりとはしないけれど。

『死ぬなって！　頼むからっ！』

その声はわたしの中にスッと入り込んできて、覚醒《かくせい》させようとしてくる。

『俺、まだ、なんも伝えてねーよ……それなのに、このまま死ぬんじゃねー……』

な、に、言ってるの、さっきから。誰の声だろう。これは……そうだ、慎太郎の声に似てる。でも、そんなはずはない。ここにいるわけないんだから。

『頼むよ、目を覚ませ。死ぬんじゃ……ねぇ……』

やめてよ、そんな切なそうな声を出さないで。

わたしだって、本当は死にたくなんかない。慎太郎のことが好きなんだ。ずっと隣にいたかった。

もしも明日があるのなら、君に好きだと伝えたかった——。

でもそれはかなわない願いだから。こうやって運命を受け入れて、流れに身をまかせて……。

だけど、本当にそれでいいの……？

最後の最後までわたしはただ身を委ねているだけで、自分じゃなにも……そう、なにも、なにもしていない。

『悩んで、苦しんで、もがいて、あがいて、ああでもない、こうでもないって迷ったり、落ち込んだり、間違いに気づいたり、後悔したり、どん底を見たり、誰かのために必死になったり、がむしゃらに生きて、そこでようやくわかるもんなんじゃねーのかなって思うんだ』

ふと頭に浮かんだ言葉は、かつて慎太郎がわたしに伝えてくれたもの。なぜか今思い出した。わたしは慎太郎が言ってたように生きられただろうか。

ううん……答えはノーだ。

だって全力で生きぬいたとは言えない。なんのために生きているのか、はっきりとした答えも見つけていない。

まだまだわたしは、なにかに一生懸命になったり、真剣に打ち込んだりしていない。だから、このまま……死ぬわけにはいかない。

そうだ、わたしは生きたいんだ、答えを見つけるその日まで。たとえ何年、何十年かかろうと、いつか必ず見つけてみせる。

このままじゃ死ねないよ。

生きたい、切実に——。

この先の未来を見てみたい、心が震えるほどに——。

だってこの世界には、まだまだわたしの知らないことが多すぎる。

だからどうか、お願いです。

わたしの最後の願い。

『生きたい』

今度はもっと、毎日を大事に生きるって誓うから。

どこかから、機械の電子音のような一定の音が聞こえる。

——ピッピピッピッピッピッ。

うっすらとまぶたが開くと、目の前がかすんだ。

「あ、うっ……」

声を発したその瞬間、血液が巡っていくような変な感覚がした。それはジワーッと全身に広がり、痛覚や触覚といった感覚が現実味を帯びてくる。身体中を激しい痛みが襲う。

ここは、いったい……。

わたしは死んだはずじゃ……？

だとすると、ここは天国なのだろうか。

意識がはっきりしてくると、目の前にまっ白い天井があった。身体が動かないので、目だけを動かして、あたりを探る。一面透明のガラス張りになった個室のような場所にわたしはいる。カーテンが引かれているものの、外が丸見えで、バタバタと人が行き交っているのがわかる。なんとなく見覚えのある場所だった。足もとにも透明の引き戸があって、ローマ字で逆向きのＩＣＵという文字が書かれてあった。ということは、ここは病院なの？

今まで気づかなかったけど、部屋の隅に人の気配がした。そこにいたのは――。

「しん、たろ……？」

声にならない声で名前を呼ぶ。もしかすると別の人なのかもしれない。でも……。

「る、う……っ？」

懐かしい声が聞こえた。わたしを見て大きく目を見開き、信じられないと言いたげな表情を浮かべている。よかった……生きてる。ちゃんと動いてる。その事実がたまらなくうれしい。

「よ、よか、った……目が、覚めたんだな……っ」

あの慎太郎が目をまっ赤にして泣いている。いつでもどんな時も強くて、頼りになって、まっすぐだった慎太郎が泣いている。

「な、んで、泣いてる、の……」

泣かないで……お願いだよ。

「なんでって……お前……俺をかばって事故に遭って……目の前で血まみれになる琉羽見

て、俺はなにもできなかった……瀕死《ひんし》のお前見て……怯えて、この一週間……ずっと不安だったんだ……とにかく、目が覚めて……マジ、よかった……」

人目もはばからずに涙を流す慎太郎。その涙は、とても綺麗だった。

「さっき……心拍数が下がって、今夜がヤマだろうって……それ聞いて、俺、気が気じゃなかった。とにかく、おじさん呼んでくるからっ」

慌ただしく出ていく慎太郎のうしろ姿を見つめながら、この状況をひとまず整理してみる。

まず、わたしは生きている。どうして……？　なんで？　たしかに死んだはずなのに、どうなってるの。実は死んでいなかった……とか？

最後に生きたいと願ったことで、生かしてもらえたんだろうか。もしあのまま死んでもいいと思っていたら、わたしは死んでいた……？　心の底から生きたいと願ったから、今ここにいるのかな。

それに過去の出来事だって、あれは夢だったのかな。事故直後から一週間意識がなかったみたいだし、長い長い夢を見ていたんだろうか。考えてみても、わからないことだらけだ。でもなぜか、勝手な直感であれは夢なんかじゃなく、実際に起こったことなんだと確信している自分がいる。

「生きて、る……わた、し、生きてる」

胸の奥からジワジワと温かさがこみあげた。次第に涙が浮かんで、熱い雫《しずく》が耳の横へと流れ落ちる。

今わたしは生きているという事実に、どうしようもないほどに心が震えている。これまで生きてきて、ここまでうれしいことはなかったかもしれない。生きていてよかったと、今なら胸を張って言える。もう死にたいなんて思わない。この命がとても愛おしく思えるのは、たくさんの経験があったから。

「琉羽っ！」

「目が覚めたの？」

慌ただしくバタバタとやってきたのは白衣姿のお父さんと、身なりなんて構っていないほどボロボロにやつれたお母さん。ふたりはわたしのそばに来ると、そっと顔を覗き込んだ。お母さんはハンカチで目を押さえて泣いている。

「あぁ、よかった……っ！　今夜がヤマだって聞いて……お母さん、倒れて……でも、目が覚めたって聞いて……飛び起きてきたの……」

お母さん……そんなにボロボロになってまでわたしのこと……。お父さんも、うっすら目に涙を浮かべていた。

そしてこの場には、見知った顔がもうひとり。

「琉羽ちゃん、よかったわね」

師長さんだ。ここはお父さんが働く大学病院の救急救命センターのＩＣＵ。過去に一度来たことがあるから、なんとなく中の雰囲気に見覚えがあった。簡単な診察が終わると、もう大丈夫だろうということで、たくさんついていた管がどんどん外されていった。血圧を維持するためのいくつものシリンジポンプに、栄養を送るための点滴を管理する輸液ポンプ、排尿のための膀胱留置《ぼうこうりゅうち》カテーテル、酸素マスクに、心電図モニター、脳波を確認するための装置。幸い自発呼吸はあったから、人工呼吸器は接続されていなかった。ベッドの上はルートだらけで、いかに自分が重症だったのかがよくわかった。

スタッフやいろんな人がわたしの回復を喜んでくれて、生きているということを実感させられた。

わたしが生きたいと願っただけじゃない。必死になって助けようとしてくれた人たちがここにいる。この命を未来につなごうとしてくれた人たちがいる。その人たちのためにも、改めてこの命を大切にしなきゃいけないんだ……。

決めたよ、もう迷わない。わたしは前を向いて生きていく。今ある命を大切にして、一生懸命生きてみたい。

それから二日、わたしはみるみるうちに回復して、一般病棟へ移れることになった。念のため、あと二日入院してなにもなければ退院だと主治医の先生に告げられた。あれだけ大きな事故で血もたくさん出たのに、腕の骨折だけですんだのは奇跡だった。

——コンコン。

「はーい」

ノックする音が聞こえ、病室のドアが開く。わたしの部屋は個室なので、誰にも気兼ねすることはない。

「る、琉羽……？」

小さくささやかれた声は、弱くて消えてしまいそうだった。

「な、菜月……？」

どうして？　なんでここに？

菜月の隣には慎太郎が立っていて、そっかと妙に納得した。慎太郎が話したんだ、わたしの目が覚めたって。でも、お見舞いにくる義理なんてないのに、どうして？

「ううっ……よか、った、よかった……っ」

次第に涙目になりながら、菜月がわたしのもとへ駆け寄ってくる。現実の世界ではあれだけひどいことをしたのに、わたしのために泣いてくれるの……？　ああ、もう。最近のわたしは涙もろくて全然ダメだ。涙でうまく前が見えないよ。押し寄せる罪悪感。わたしはずっと、菜月に言いたいことがあった。

まず、はじめの第一歩——。

「菜月……今までごめんね……」

わたしのしてきたことを許してくれなくていい。ただわたしが謝りたいから謝る。もう誰のことも傷つけたくない。

「なに、言ってるの……っ！　勝手に靴箱にこんなメモ入れて……『ごめんね』って、たったひと言……」

「あ、そ、それは……」

そういえば、思い出した。わたしは事故に遭う直前、菜月の靴箱にそんなメモを入れたんだ。化学実験室でのことや、これまでにしてきたことを、ずっと謝りたかった。謝っても許してもらえないってわかってたけど、罪悪感に押しつぶされそうで……。つい、菜月の靴箱にメモを入れた。差出人の名前を書いてないのに、菜月はわたしからだとわかったんだね。

「わかるに、決まってるでしょ……！　メモを見て琉羽を追いかけたら……井川くんをかばって、トラックにはねられるところを目撃して……あたし……あたしっ……」

菜月は顔をおおって泣きだした。大粒の涙がとめどなくこぼれ落ちる。

「菜月……ごめんね。わたしは、大丈夫だから……」

「ううっ……う、ん。も、謝ら、ないで……」

「ううん、ごめんね……そして、ありがとう」

泣くほど心配してくれて。こうしてお見舞いにきてくれただけで十分だよ。

「お前ら、ふたりで泣きすぎだから」

少し離れて、菜月とわたしのやり取りを見守っていた慎太郎がクスクス笑う。

こちら側の世界に戻って、慎太郎からの告白は、なかったことになってしまったけれど、不思議と後悔はない。

なにかを変えるのは、わたし自身のこれからの行動次第で決まる。生きている限り、できないことなんてなにもないって過去の世界で学んだの。わたしたちは、まだまだこれからいろんな可能性があるんだ。

一生懸命生きていればなにかが変わると信じて、今ある命を大切にしながら生きていこう。

そして、いつか——。

君に伝えたい——。

『わたしは、君が好きです』と。

特別書き下ろし

番外編

もしも明日があるのなら、
君に好きだと伝えたかった。

そして、明日へ

十月上旬、無事に退院の日を迎えたわたしは、お母さんと一緒にタクシーで自宅へと帰ってきた。

腕の骨折はまだ完治してないからしばらくはギプス生活で大変だけど、命があることにホッとしている気持ちのほうが強い。

あれだけ大きな事故だったにもかかわらず、なんの後遺症も残らなかったのは奇跡としか言いようがないとお父さんが言っていた。

目が覚めたのも、生きていたのも奇跡。

きっとあの時の猫が助けてくれたんだと、わたしは確信している。

ありがとう――猫ちゃん。

あの時、自分を見つめ直すきっかけをくれなかったら、大切なことに気づけなくて、今のわたしはいなかったはずだ。


今日は休日ということもあって、のんびりと家で過ごすことができた。ベッドに寝そべってゴロゴロしていると、スマホのバイブが鳴った。

《今から出てこれる？》

それは慎太郎からのメッセージで、わたしは思わずドキッとする。昨日もお見舞いにきてくれたし、会ってはいるけど……。こうして改めて誘われると、緊張するというか、なんというか。

返事をするとわたしの家の近所の公園で待ってるということだったので、慌てて準備をすませて家を出た。

時刻はお昼過ぎ。

すっかり涼しくなって秋めいた風が髪をなびかせる。

公園へ向かっていると心臓がドキドキと音を立て、どんな顔で慎太郎に会えばいいのかがわからなくなった。

過去で過ごした三カ月はまぎれもなく本物で、でも、それを今の慎太郎は知らないわけで、わたしのことをどう思っているのかはわからない。だからこそ、よけいに不安になる。

でも、弱気になってる場合じゃない。

変えるのはここから、今この瞬間からなんだ。だから、がんばれ、わたし。

公園に着くとブランコに座っていた慎太郎のそばまでゆっくりと歩いた。慎太郎はわたしに気づいて立ち上がり、緊張しているのか、表情は硬い。

「お待たせ！」

「急に呼びだしてごめん」

「ううん、大丈夫だよ。ちょうど退屈だったから」

「身体はもう大丈夫か？」

右手のギプスを見て、眉を下げる慎太郎。優しい慎太郎のことだから、自分をかばったせいだと罪悪感でいっぱいになっているんだろう。

「この通り、ピンピンしてるよ」

わたしは明るく笑い飛ばした。そんなわたしを見て、慎太郎はホッと息を吐く。

「マジで無茶するよな、琉羽は。そういうとこ、昔から変わってない」

「慎太郎よりはマシだと思うよ？」

「なんだよ、それ」

慎太郎はすねたように唇をとがらせた。かと思えば、今度はバツが悪そうな表情を浮かべる。

「マジでごめんな、俺のせいでこんなことになって」

「だーかーらー、慎太郎はなにも悪くないってこの前から何度も言ってるじゃん」

わたしが目覚めてから、何度謝られたかわからない。それほど申し訳ない気持ちでいっぱいなんだろうけれど、わたしが勝手にやったことなんだから慎太郎のせいじゃない。

「謝りたいことはそれだけじゃなくてさ。夏休み前の時『見そこなった』なんて言って悪かったよ。近藤から本当のことを聞いたんだ……」

「え？　あ……」

「とにかく、あの宣言は撤回する。琉羽は、俺の知ってるいつもの琉羽だ。意地っ張りで、優しくて、強い」

「あはは……ありがと」

胸の中にあったモヤモヤが綺麗さっぱり晴れていくのを感じた。

「わたし……慎太郎のことが好きだよ」

「え？　は？」

驚いたように目を見開く慎太郎。緊張するけど、ちゃんと伝えたい。

だって、ずっと言いたかった。過去では言えなくて、ツラかったから。今は我慢なんてしたくない。

「慎太郎のことが……大好き」

「んだよ……それ」

慎太郎の顔を下から見上げるようにして見る。彼は顔をまっ赤にしながら視線をさまよわせて、明らかに動揺していた。

「……俺から告ろうと思ってたのに」

「え……？」

熱がこもった熱い眼差し。ささやくような小さな声だったけど、それはしっかりとわたしの耳に届いた。

「なんで先に言っちゃうんだよ」

「そ、そんなこと言われても、好きだから……我慢できなかったんだよ」

「なっ……！」

顔をまっ赤にして目をパチパチさせる慎太郎に、わたしは思わず笑ってしまった。

「な、なに笑ってんだよっ」

「いや、かわいいなと思って」

「んなこと言われても、うれしくない」

「ごめんごめん」

わたしが笑うと、慎太郎はムッと唇をとがらせながらも、最後には優しく笑ってくれた。

「でも、よかった……」

「え？　なにが？」

「琉羽にふられても離れてやるつもりはなかったから、同じ気持ちでいてくれてうれしい」

「な、なにそれっ」

そんなこと言われたら、わたしまでうれしい。ずっと慎太郎とこんなふうになるのを夢見てた。だから、うれしい。

「琉羽……今度は絶対、俺が守ってやる。大事にするし、二度と傷つけないって誓うよ」

「…………」

「だから、俺と付き合ってほしいんだ」

その言葉が飛び上がるほどうれしくて、わたしはすかさず大きくうなずく。無意識にゆるむ口もと。

「うん……うんうんうん！」

「はは」

「大好きだよ、慎太郎」

左手で慎太郎の腕をギュッとつかんだ。すると、ビックリしたのか慎太郎の肩がピクッと揺れる。

「だから……マジで琉羽は……っ」

逆に手を握られて、勢いよく引き寄せられる。

「わ！」

「なんでそんなかわいいことばっか言うんだよ？」

耳のすぐ近く、熱い吐息と一緒に吐きだされた言葉にドキリとした。

「そんなに俺をドキドキさせて……どうしたいわけ？」

やけに色気がある低い声。そんな声でそんなに甘いことを言われたら……熱くて溶けちゃいそうになる。

「ギュッと、してほしい……」

「は？」

「慎太郎に、ギュッとされたい」

なんて、わたしはいったいなにを言ってるんだ。恥ずかしくて、顔から火が出そう。

「……わかった」

腕が背中に回されて、慎太郎の胸におでこが当たる。過去と同じ、慎太郎の腕の中。優しくて、温かくて、それでいてドキドキさせられる。

「どう？　これで満足？」

「うん……っ！　ありがと、慎太郎」

わたしは慎太郎の背中に片手でギュッと抱きつく。あの時、抱きしめ返せなかった分、精いっぱいの想いを込めた。

「やべぇ……」

「え？　なにが？」

「すっげー……ドキドキする」

「うん、わたしも……」

「琉羽がこんなに大胆だとは思わなかった……俺の知らない琉羽みたいだ」

「きっと……まだたくさんあるよ。慎太郎の知らないわたしの顔が」

わたしも慎太郎の隣で、新しい慎太郎にたくさん出会いたい。ずっとずっと、慎太郎のそばにいたい。

「なんだ……それ。もっと大胆ってこと？　どこで覚えたんだよ、そんなの」

「あは、ヒミツ。それにね、大胆なのは慎太郎も同じだから。わたしがどれほど悩んだか！」

「はぁ？」

「ちょっと、過去でね……いろいろあったの！」

あの時は苦しかったけど、それも今ではいい思い出。きっとこんなふうに、これからも乗り越えていける。

「慎太郎……ほんとに、好き」

過去も、今も……そして、これから先もずっと。

「ダメだ、俺……心臓、もちそうにない」

「えー？」

わたしだって、ものすごくドキドキしてる。わたしたちの鼓動が重なりあって、きっと、お互いに顔もまっ赤で。幸せだなぁって、感じるんだ。永遠に、こんな幸せが続けばいい。

週明けの月曜日、午前中の授業が終わると、菜月が笑顔でわたしのもとへやってきた。

あれからぎこちないながらも、わたしたちは仲良くなりつつある。

こんなわたしを許してくれた菜月は、過去と違わずとても強くて優しい子。

「琉羽、お昼ごはん食べよ！」

「うん」

わたしたちは教室を出てお弁当を手に食堂へと移動する。教室を出る時に優里と美鈴に睨まれたけど、不思議と今のわたしは冷静で落ち着いていられた。

完全に気にならないと言ったらウソになるけど、人にどう思われてもいいと思えるようになった。

過去ではやつれていた美鈴も、すべてがないことになったから今も優里と一緒にいる。

これからふたりがどうなるのかはわからないけど、間違った道に進んでほしくはないなと思う。

中庭に涼しい風が吹いて、過ごしやすい季節になったなぁとしみじみ実感する。

そんななか、食堂へ続く渡り廊下を菜月とゆっくり歩いた。

「そういえば、今月の野いちご文庫の新刊楽しみだね！」

過去と同じ満面の笑みを浮かべる菜月。わたしはそれを見て同じように笑顔になった。

「うん！　めちゃくちゃ楽しみ！　身を焦《こ》がすような切ない恋物語でしょ？　憧れ

るー！」

「なに言ってんの、琉羽には井川くんがいるでしょうが」

「うっ……」

菜月の口から慎太郎の名前が出たことで、ドキッとした。過去に菜月は慎太郎に告白している。それは今の世界の菜月から直接聞いたわけじゃないけど、今の菜月は慎太郎のことをどう思っているんだろう。

「菜月……」

「どうしたの？」

「わたし……慎太郎のことが好きなの」

付き合ってるの、とは言えなかった。

「え？」

菜月はおもむろに目を見開いた。そしてキョトンとしたあと、クスクスと笑いだす。

「な、なんで笑うの？」

「あはは、言われなくてもわかってるよ」

「うっ……」

菜月には全部お見通しだったみたいで、恥ずかしい。

「事故の時、トラックにひかれそうな井川くんを見て、あたしはなにもできなかった。それなのに、琉羽は迷わずに飛びだして……すごいなって思ったんだ」

「あ、あれは気づいたら勝手に」

「うん、だからそれがすごいなって。とっさのことだとはいえ、あたしにはできなかったから。ああ、琉羽にはかなわないなって、その時に思い知らされたの」

菜月は慎太郎に未練なんて微塵もないというように、明るく笑っている。

「あの時、井川くんも必死に琉羽に駆け寄って、何度も何度も名前を呼んで……琉羽のこと、すごく大切に想ってるんだなって伝わってきた」

「菜月……」

「だからさ、あたしはふたりを応援してる」

菜月の本当の気持ちはわからないけど、その笑顔と言葉はウソじゃないと思えた。

「ありがとう……」

「うん！　うまくいったら教えてね！」

実はもう付き合ってる……。

言いそびれちゃったけど、時間はたっぷりあるんだし、それはまた今度でいっか。

「なっちゃーん、佐上さーん、こっちこっち！」

食堂に着くと、すでに来ていた浩介くんがわたしたちの姿を見て遠くから大きな声で叫んだ。

「もう、恥ずかしいからやめてって何度も言ってるのにっ」

相変わらず呆れ顔を浮かべる菜月。だけど本気で怒ってはいないようで、口もとがゆるんでいる。

「琉羽、あたしね」

菜月はわたしの耳もとに唇を寄せて小さくささやいた。

「琉羽が病院で意識を失ってる間、ものすごく弱気になってて……その時、北沢くんがずっとそばではげましてくれたの」

心なしか、菜月の頬が赤くなっているような気がした。

「ヘラヘラしてるしいいかげんなところばっかりだけど、優しいところもあるんだなって、ちょっと見直しちゃった」

菜月は浩介くんを見てやわらかく微笑む。もしかするとこれから、ふたりの関係も変わっていくのかもしれない。そう考えるとなんだかとてもワクワクした。

人生ってわからないことだらけ。ちょっとのことで違う結果になったり、思いもよらないことが起こったりする。でもだからこそ楽しいって、今なら思える。

慎太郎の向かい側に座ると、視線を感じてふとそこを見た。わたしを見つめる優しい瞳に、ドキドキが加速していく。

むず痒《がゆ》いというか、照れくさいというか、うん、恥ずかしい。

「今日部活ないから、一緒に帰ろうぜ」

「え、あ、うん」

「あっれー？　なんだかお前ら、いい感じじゃん。もしかして、入院中になにかあったとか？」

「は？　なんも……ねーよっ」

「ほんとかな～？　慎太郎は秘密主義だけど、態度に全部出てるから隠せてねーし」

からかうような浩介くんの視線に、慎太郎は言葉を詰まらせた。でもそのすぐあとに、覚悟を決めた顔で浩介くんの目を見つめる。

「そうだよ、俺ら、付き合ってる」

「マジかよー。えー、どっちから告ったんだよ？」

「そんなの、お前には関係ないだろ」

「そこ、重要ポイントだろ！　隠すなよ～、慎ちゃーん！」

「慎ちゃんって言うな、バカ」

「白状するまで言い続けるし。おーい、慎ちゃーん」

「俺だよ、俺！　俺から告った！　五歳の時からの片想いがやっと実を結んだ！　以上！この話は終わり！」

目の前の慎太郎は誰が見てもわかるくらいにまっ赤で。そんなことを大声で言うから、わたしまで赤くなってしまった。

「マジかよ、五歳から片想い！　すっげ‼　慎ちゃん、お前ものすごく一途な男だったんだな！」

「だから、慎ちゃんって言うな」

ふたりのやり取りを聞きながら菜月を見る。

「よかったね、琉羽！　ふたりはすっごくお似合いだよ。まさに理想のカップル！　おめでとう」

「あ、ありがと……ごめんね、言えなくて」

「ううん！　あたしも早く彼氏見つけようっと！　琉羽とリアルな恋バナがしたいよ‼」

「え？　なっちゃん！　それって……俺のことをついに彼氏だって認めてくれるってこと？」

「な、なんでそうなるの？　北沢くん以外の選択肢も与えてよ」

「は？　ダメだよ、そんなの。俺以外の男を彼氏にするなんて、絶対に許さない」

いつもはヘラヘラしてるのに、浩介くんは真剣な表情で菜月に詰め寄る。

「な、なに言ってんの！　そんな恥ずかしいこと真顔で言わないで」

「だって真剣に言わないとなっちゃんには伝わらないし。俺、本気だよ？　本気でなっちゃんのこと……」

「やめてよ、こんな所で！」

菜月の顔は今までに見たことがないくらいにまっ赤だった。

「わかった、じゃあ、また改めてこんな所じゃない所で言う。さ、食おう。いただきまーす！」

「もう」と言いながら、菜月の横顔は優しかった。うまくいくといいね、浩介くん。

「いつかダブルデートしようね」

菜月の耳元でコソッと耳打ちすると、菜月は恥ずかしそうにしながらも、小さくうなずいた。

まだ見ぬ未来。そこにはたくさんの幸せが待っている……ような気がする。

後悔しないように、一日一日を大切にして今日も生きていこう。

大きな幸せじゃなくてもいい。小さくてささやかな幸せが、ずっと続いていきますように——。

大好きだよ、慎太郎。

「うん……俺も」

そこにはまぶしい笑顔を浮かべる慎太郎がいた。

fin.

あとがき

はじめまして、こんにちは。

本作を最後まで読んでいただき、本当にありがとうございます。

琉羽と慎太郎の切ない恋物語はいかがでしたか⁇

甘酸っぱい青春と、親からの重圧、言いたいことが言えないもどかしさ、あきらめてしまう心。どうせ私なんて……そんなふうに考えてしまう大人でも子どもでもない多感な年頃の思春期。それは誰にでも訪れることだと思います。

物語の序盤ではなにもかもうまくいかなくて卑屈になっているヒロインの琉羽にモヤモヤした方もいらっしゃるのではないでしょうか。でも、だからこそ、思春期の琉羽が一生懸命悩んで努力して変わっていく姿に、共感してもらえていたらうれしいです。

そして一途な慎太郎！　実は今まで書いてきたヒーローのなかでも、一、二位を争うくらい好きなタイプに入ります。その一途さとまっすぐさ、まぶしさにキュンキュンしながら書いてました。誰もが好きになってしまう。そんなパーフェクトな人物が慎太郎です。慎太郎には女の子が憧れる夢のようなカッコよさを存分に詰めこんだので、読者の皆様にも伝わっていたら幸せです。そして一緒にドキドキ、キュンキュンしていただけていたら、それ以上のことはありません。

ふたりはこれから先もきっとさまざまなことにぶつかっていくでしょう。

ふたりの関係はまだはじまったばかり。強くたくましく成長した琉羽と慎太郎のその後もお届けしたいと、番外編も執筆しました。本編では切ないストーリーだった分、番外編では甘々をたくさん入れたつもりなので、合わせて楽しんでいただけたら幸いです。

最後になりましたが、素敵なイラストを描いてくださったピスタさん、この本の出版に携わってくださった皆様。

そして、この本を読んでくださったすべての方に、心より感謝いたします。

二〇一九年九月二十五日
miNato

miNato先生へのファンレター宛先
〒104-0031 東京都中央区京橋1-3-1　八重洲口大栄ビル7F
スターツ出版（株）　書籍編集部気付 miNato先生

もしも明日があるのなら、
君に好きだと伝えたかった。

2019年9月25日　初版第1刷発行
2021年6月24日　　　第2刷発行

著　者　miNato

発行者　菊地修一

発行所　スターツ出版株式会社
〒104-0031 東京都中央区京橋1-3-1　八重洲口大栄ビル7F
出版マーケティンググループ　TEL 03-6202-0386（ご注文等に関するお問い合わせ）
https://starts-pub.jp/

印刷所　株式会社 光邦
Printed in Japan

DTP　久保田祐子

編集　若海瞳

編集協力　ミケハラ編集室

ISBN978-4-8137-9035-8　C0095

スターツ出版　好評の既刊

もしもあの日に戻れたなら、初恋の続きをもう一度。　miNato《ミナト》・著

1年前の8月31日。夏花が想いを寄せるクラスメイト・友翔が、夏花に会いにくる途中で事故に遭い、還らぬ人となってしまった。告げることすら叶わなかった初恋に、今も夏花は苦しんでいた。そんな中迎えた友翔の一周忌――夏花の誕生日に、信じられない奇跡が起こる。夏花は、友翔が元気だった高3の夏を、なぜかやりなおすことになったのだった。久し振りに過ごす友翔との日々はきらきらと輝いていて、再び彼に恋をする。もしかしたら、あの悲しい未来を変えられるかもしれない。…そう期待に胸を膨らませる夏花。そして、またあの運命の日に近づいて――。

ISBN978-4-8137-9020-4
四六判・並製・定価：本体 1200 円＋税

早く気づけよ、好きだって。　miNato《ミナト》・著

高校の入学初日、桃はイケメンで目立つ水野くんと、ひょんなことからケンカしてしまう。第一印象が最悪同士のふたりなのに、なんと同じクラスの隣の席に！　クールでそっけないのになぜかモテる水野くんに、桃は「絶対に好きにならない」と宣言するけれど、仲良くなるにつれて、彼のまっすぐなところに惹かれていく。そんな中、桃は隣に住む幼なじみから告白をされて、水野くんにも誤解されてしまう。さらに、水野くんの悲しい過去も明らかになり…。まっすぐぶつかり合うふたりのピュアラブにキュン！

ISBN978-4-8137-0710-3
文庫判・定価：本体 600 円＋税

キミの笑顔が見たいだけ。　miNato《ミナト》・著

高1の菜都は、同じクラスのクール男子・晶斗に憧れている。最近はよく目が合うし、彼に近づくことができたのかな…と嬉しい予感に胸を膨らませていた矢先、菜都の脳に腫瘍があり、余命長くないことが発覚する。あまりにも悲しい事実を誰にも言えず、ひとり苦しむ菜都だったけど、どんな時も寄りそってくれる晶斗のおかげで、再び希望をもつことができた。「お前のことが好き」とまっすぐ伝えてくれる晶斗への想いは募るけれど、菜都は自分の気持ちに蓋をしてしまい…。一途で切ないピュア恋に泣きキュン！

ISBN978-4-8137-0534-5
文庫判・定価：本体 610 円＋税

キミに捧ぐ愛　miNato《ミナト》・著

美少女の結愛は容姿のせいで、誤解されたり妬まれたりして傷ついてきた。家にも居場所がなく孤独だったけれど、同じクラスの大翔とひょんなことから仲良くなり、一緒に過ごすように。大翔は爽やかで優しい人気者だけど、他人には興味がなさそう。どこか自分と似たものを感じる彼に結愛は興味を持つようになる。大翔と距離が近づき、学校でも友達ができ、少しずつ結愛の周囲がにぎやかになっていく。そんな中、結愛は隠されていた家族の秘密を知ってしまう。動揺する結愛を、大翔が抱きしめてくれて――。

ISBN978-4-8137-0614-4
文庫判・定価：本体 590 円＋税

スターツ出版　好評の既刊

今日、キミに告白します～とびきり甘くてキュンとする7つの恋の短編集～

高２の心結が毎朝決まった時間の電車に乗る理由は、同じクラスの完璧男子・凪くん。ある日体育で倒れてしまい、凪くんに助けられた心結。意識がはっきりしない中、「好きだよ」と囁かれた気がして…。ほか、大好きな人と両想いになるまでを描いた、全７話の甘キュン短編アンソロジー。

ISBN978-4-8137-0688-5
文庫判・定価：本体 620 円＋税

俺の方が、好きだけど。　miNato《ミナト》・著

高２の花梨は、１年間片想いしていた高野君に失恋したばかり。泣きたい気持ちを笑ってごまかす花梨だけど、隣の席の王子様系ゆるふわ男子・キヨ君に気づかれてしまう。よくからかってくるくせに、ピンチの時には助けてくれて、つらい時にそばにいてくれるキヨ君のおかげで、花梨は失恋から立ち直ることができた。そして、いつのまにかキヨ君を目で追っている自分に気づく。でもキヨ君は、花梨が今も高野君が好きだと誤解していて…。じれったすぎるふたりの一途なピュア恋に泣きキュン！

ISBN978-4-8137-0481-2
文庫判・定価：本体 600 円＋税

ずっと前から、お前だけ。　miNato《ミナト》・著

咲花はひっこみ思案な女の子。ある日、同じクラスの怜くんの生徒手帳に、咲花を含めた女子の写真が挟まっているのを見つけ、ドキッとする。怜はクールで無愛想だけど存在感があって、クラスでも特に目立っている男子。そんな怜の秘密を知り、咲花は彼のことが気になりはじめる。怜との距離が縮むたびに彼に惹かれ、咲花は初めての恋をするけれど、写真を持ち歩くほど好きな子がいるのだと思うと、気持ちを伝えることができなくて…。切なくて、でもキュンとする初恋の物語。

ISBN978-4-8137-0428-7
文庫判・定価：本体 600 円＋税

また、キミに逢えたなら。　miNato《ミナト》・著

高１の夏休み、肺炎で入院した莉乃は、同い年の美少年・真白に出会う。重い病気を抱え、すべてをあきらめていた真白だったが、莉乃と出会い、励まされたことで、徐々に「生きたい」と願いはじめる。そんな彼に恋した莉乃は、いつか真白の病気が治ったら想いを伝えようと心に決める。でも、彼の病状は悪化する一方で…。切なすぎる恋に大号泣！　究極の純愛物語。

ISBN978-4-8137-0356-3
文庫判・定価：本体 590 円＋税